講談社文庫

真贋

吉本隆明

講談社

まえがき

少し前に、ある新聞社からいじめられている子どもたちに向けて何かメッセージを書いてほしいと頼まれたことがあった。いまさらとくに書く必要はないと丁重にお断りした。

この問題に関して僕の考え方は、一貫している。いじめるほうもいじめられるほうも両方とも問題児だ、ということだ。

僕自身いじめっ子だったという過去がある。たいていのクラスにはいじめられやすい子というのがいた。何となく恐縮したような雰囲気だったので、からかいやすかったせいだと思う。僕は腕白で悪童だったから、先頭を切ってからかったり、小突きまわしたりしていた。

ある日、いつものようにクラスのいじめられっ子を追いかけまわし、馬乗りになっていたら、その子は履いていた自分の下駄を脱ぎ、その下駄で僕の頭を思いっ切り殴った。

頭を殴られた僕は、一瞬フラフラして、何が起きたのかすぐにはわからなかった。そして次の瞬間、膝がガクガクし、地面に膝をついていた。その隙にその子は走って逃げていった。

この野郎、生意気だ。不思議なことにそういうことは一切思いつかなかった。逆に僕は、面白半分に人のことをからかったり、いじめたりしてはいけないと本気で思った。いじめる根拠があるのならまだしも、その子には関係のない自分のうっぷんを晴らすためや、まったく違う目的でいじめたり、からかったりすることはよくないことだ、と大変反省させられたという記憶がいまもある。

いじめられていた子にとって、下駄で殴るというのは最後の切り札だったのかもしれない。力いっぱい頭を殴られたことで、僕は目が覚めた、といえば大げさだが、それ以上のことをする気も何もなくなってしまうくらい衝撃を受けた。

真剣に自分の人生を生きている、そういうことに気づかされた瞬間だったと思う。

誰もが生死を懸けて自分の人生を生きている。当たり前なようで、誰も当たり前には思っていないのかもしれない。

いま、世の中を見ていると、すべてが逆な方向に進んでいるような気になることがある。あまりにも常識的な「問い」と「答え」にあふれ、実は本当に考えるべきことを考えずに、考えなくてもいいことを考えているのではないか。滑稽ですらある。

まずは、どうでもよさそうなことから考えてみる。そういった視点が必要なのではないか。これまでとはちょっと違う部分を見る。そうしたことで少しは世の中の見方が変わっていく可能性があるかもしれない。そんなことを期待して本書にとりかかることにした。

真贋

目次

2 批評眼について

3 本物と贋物

4 生き方は顔に出る

5 才能とコンプレックス

6 今の見方、未来の見方

1

善悪二元論の限界

❖明るさは滅びの姿

僕らが壮年の頃、関西に久坂葉子《くさかようこ》という新人の小説家がいました。いまの文学が好きな若い女の子が、この人の作品を読みたいとのことで、講談社の文芸文庫で久坂葉子の作品集が出たことを知らせました。その後、本を買って読んだというので、どうだったと聞くと、「あまりに暗くて驚いた」と言うのです。

たしかに、久坂葉子の小説は病的なところがないわけではなく、小説の雰囲気に暗い調子はありますが、「あまりに暗くて驚いた」と言うほどではないと思うのです。

でも、いまの子はあれで暗いと感じるのでしょう。それならば、文学なんて読まないほうがいいと思いました。いつも明るいところばかりを見ていたら、暗いところにあるものが見えなくなってしまいます。そもそも、暗いところにこそ、真実が隠されているのではないでしょうか。

僕は太宰治《だざいおさむ》という人が好きですが、なかでも一番好きな言葉は「平家ハ、アカルイ。(中略)アカルサハ、ホロビノ姿デアラウカ。人モ家モ、暗イウチハマダ滅亡セヌ。」という実朝《さねとも》のせりふです。

これは『右大臣実朝』の中に出てくるのですが、僕がもっとも好きだと言っていいくらいの言葉です。いまの日本の社会にもあてはまるのではないでしょうか。いまの日本社会は、比較的明るいのですが、これは滅びの姿ではないかと思うことがあるからです。

僕は、このような太宰治の逆説的な言い方が大好きです。こうした言葉に表れる太宰治の鋭さは、彼の幼児期の体験からきていると見るのが素直な解釈でしょう。

彼は幼児のときに、あまり母親に構ってもらえませんでした。子どもを構うのは、もっぱらお手伝いさんや子守さんであって、母親は主として旦那さんを構っていればいいというのが、彼の育った地方の豪家の考え方です。母親代わりに構ってくれたのがお手伝いさんだったということは、青春期以降の人格に大きな影響を与えます。太宰治の鋭さは、間違いなく、そこからきているはずです。

逆に言えば、この鋭い感覚は、母親から思い切り愛されなかったという、ある種不幸な生い立ちだったからこそ身についたものと言えます。母親から愛されないということは不幸です。でも太宰治という作家にとっては、その経験がなければ、あれだけの作品を書く感性が備わらなかったという見方もできます。

幸福や不幸の体験というものは、ある一方からのみ見ていると見誤ることがよくあります。太宰治は、不幸な体験があったからこそ、感性を磨き、すばらしい作品を残すことができたのです。もし、みんなが両親の愛を一身に受けるような恵まれた明るい家庭で育つとしたら、はたして太宰治のような人間の普遍性を鋭くつくような作家になろうと思う人は出てくるでしょうか。

現在の日本についても、同じように考えることができます。たしかに、いまの日本は割合に明るい。でも、明るいから日本はよくなっていると、単純に結びつけることは危険だと思うのです。明るいからよくて、暗いからだめだという善悪二元論で考えると、物事の本質を見誤る恐れがあります。

無意識のうちに答えが決まっている価値判断は、無意識のうちに人の心を強制します。明るいからいい、暗いからだめだという単純な価値判断を持っていると、そう思えない自分、そうではない自分を追いつめる結果になってしまうからです。人間は閉じられた環境や空間の中では、教養も知性もある人でさえ、理性的な判断ができにくくなるという特性のようなものがあります。それは僕にもよくわかります。ある局面になるとものすごく愚かなことができるというのが人間なのです。善悪二つのモノサシしか持っていないと、人間は非常に生きづらさを感じるものなのです。

いまの日本は、明るいけれども、どこか寂しく刹那的な雰囲気が感じられます。そうしたときに社会が悪くなった、よくなったと考えるよりも、ではその原因は何なのかを考えたほうがものの本質にたどりつきやすいような気がします。

明るいからいいという当たり前の判断を根本から疑ってみる。そうすることでもっと世の中の出来事や自分自身というものを相対的に見ることができるようになっていくのではないでしょうか。

す。

❖人間の精神は発達しない

戦争中に生まれた身としては、現在ほど便利な時代がくるとは想像していませんでした。戦前と違って、いまは誰でも好きな仕事を選べます。最近では仕事をしないという選択肢もあり、そうした人が増えて社会問題になっているほどです。

パソコンの技術も年々進歩し、海外にいる人とのやりとりも本当に便利になったと聞いています。パソコンの導入によって、仕事の質も劇的に変わりました。

でも、その一方で、こんな疑問もよく耳にします。

「こんなに豊かになり、何不自由ない世の中になったのに、なぜ子殺しや親殺しといった凶悪な犯罪が増えてしまうのか」

こうした疑問は、ある誤解にもとづいています。それは、人間の魂や精神は、科学の発達とともに高度なものに変わっていくという誤解です。いくら科学技術が発達しても、人間の魂、精神が発達するわけではありません。むしろ、人間の精神というものは悪くなっていくものだという考え方もあるのです。

そうしたことを意識的に言ったのは安藤昌益《あんどうしょうえき》という人で、江戸時代の秋田藩か八戸藩あたりではよく知られていた人です。

彼は、我々が聖人君子と思っている人、たとえば仏教だったら釈迦《しゃか》、中国の儒教だと孔子《こうし》、道教だと老子《ろうし》といった人たちをだめだとことごとく喝破しました。なぜだめかと言うと、倫理的にいいと思われることしか言っていないからだというのです。天然自然を主体に考えたら、いいことも悪いこともあるのが当然であって、悪いことを言わないというのは、それだけで、もうだめな証拠だという考え方です。悪いものであっても、いいものであっても、すべてを肯定的に含めて考えなければいけないというのです。

安藤昌益の考え方によれば、釈迦、キリスト、孔子、老子たちがいいことしか言わないのは、世の中に悪いことがたくさん現れてきたためだと言うのです。つまり、彼らがいいことを言うのは、それ以前の時代に比べて、人間の精神が悪くなっていることを示しているわけです。

たしかに、仏教にはそういう考え方があります。釈迦が生きていた時代が本当の世の中であり、釈迦の死後、だんだん悪い時代になって、ある時代以降は末法の世だと規定しています。この考え方は、自分たちが生きている時代より、前の時代のほうがよかったという発想です。少なくとも、自分の同世代までがいい時代であり、それ以降は精神的にだんだん悪くなる一方なのだという考え方をとっていると言っていいでしょう。

儒教でも同じような考え方をします。堯舜《ぎょうしゅん》の時代が一番よい時代であり、当時は聖人であり君子である人物が国を支配していた。それが一番理想の社会だと考えます。孔子は、自分が住んでいた魯《ろ》の国も、堯舜の時代にさかのぼっていくのが理想だと考えていました。ですから、魯の国の王様を教育する際に、堯舜の時代を模範にしたわけです。

いずれにしても、人間というのは時代を経るにつれて、精神的にはだめになっていく一方だという考え方をとっています。こうした考え方は、ある程度あたっているのではないかという気がします。精神がよくなっているか、悪くなっているか、どちらかと言えば、悪くなる一方であると考えると、一般論としては妥当でしょう。

ではどうすれば人間の精神はよくなるのかというのは大問題で、いろいろな人がさまざまなことを述べていますし、現代の政治家も発言していますし、過去にもマルクスのような思想家が、世の中を理想の状態に回復する方法について語っています。

しかし、未来を見通すことに長《た》けていたはずのマルクスのような人でさえ、いまの状況やその中の個々の人間の考え方や生き方がここまでくるとは思っていなかったと思います。割合素直に少しずつ改良しながら人間として向上していくだろうし、善悪の感じ方についても徐々に高度な感じ方になっていくだろうと想定していたと思います。

しかし、いまのところ、その人たちが言ったとおりには少しもなっていない状態で止まっています。どういうことをすれば人間の精神が理想的になり、人間の社会も理想的になるのか。依然として現在も問題であるだけでなく、むしろ問題は大きくなる一方で、解決に近づいたという証拠はまずないという気がします。

現に、日本の現代を例にとっても、少しもいい時代になっていないことを実感します。親が子どもを殺したり、子どもが親を殺したり、あるいは旦那が奥さんを殺したり、反対に奥さんが旦那を殺したりといった凶悪な事件は、五十年ぐらい前には日本ではあまりなかったと思います。多少はあったかもしれませんが、少なくとも社会問題になるほど頻繁には起きてはいなかったはずです。

たしかに便利な時代にはなりました。しかしこうしてみると、一般論としてですが、聖人君子の時代と比べて人間の精神は悪くなる一方であり、いい社会が来たとは言えない気がするのです。

❖いいことばかりを言う人が増えている

人間の精神は悪くなったかもしれませんが、人間の感覚を鋭敏にする装置や方法が開発されてきたことにより、感覚はますます鋭くなってきました。

そのいい例がスポーツ選手でしょう。僕らが子どものときは百メートルを十秒切ることは不可能ではないかと専門家も言っていましたし、僕も十秒を切るなんて予想すらしていませんでした。しかし現実には、九秒台が平気で出るようになっています。それができる選手は、短距離ならば動物と競走しても負けないかもしれません。

こうした選手は、運動能力、脳の働き、神経の働きを連結させ、修練を重ねて感覚を鋭くすることにより、動物に負けないぐらい速く走ることができるようになったのです。

このスピードの向上には、そろそろ止まりそうだという徴候はありません。修練次第で、さらにもっと速く走れるように必ずなるでしょう。

人間の寿命も同じです。僕らの頃は、古い昔に言われていた「人生五十年」という言葉が生きており、せいぜいそれにちょっとおまけして六十歳ぐらいまで生きるのかと思っていました。ところが、「冗談じゃない」と言いたくなるほど、僕たちはとんでもない長寿になりました。僕が七十九歳になったとき、口の悪い医者から、「これだけ生きればもういいじゃないか」と言ってからかわれたことがありますが、平均寿命が止まるという徴候はいまのところなく、まだ延びるだろうと思います。

こうした、スピードの向上といった、感覚の領域を鋭敏にするための装置や方法は、まだまだとどまるところを知りません。文明の発達もまた同じように、まだまだ進歩を続け、人間の生活はますます便利になっていくことでしょう。

しかし、文明や科学が発達していく一方で、人間の愚かしさもまた、とめどなく大きくなっていると言っていいかもしれません。

そのいい例が、各国で競うように開発している核兵器です。すでに、アメリカもロシアも相当な数の核兵器を持っています。中国やフランスも、ある程度の数を保有しており、インドとパキスタンも持っています。さらに、北朝鮮は核保有を宣言しました。僕に言わせれば、これはばかな競争です。これは、もしかすると、ひょんな拍子に人間の歴史をふっ飛ばしてしまう事態が起きないとも言えません。可能性はあると思います。

人間の寿命や文明の発達、感覚を鋭敏にするための装置の機能向上は、僕らの考える領域でもないし、僕らがどうとかできることではありません。でも、核兵器競争みたいなことだけはよせと言いたい。もちろん、日本もそんなものはつくらず、平和だけを積極的に主張するという態勢をとれということです。建設的な利口さはそれしかありません。

僕らが口をはさむ事柄でもないのですが、それぞれの国の指導的な人たちは、そういうばかな競争をしないで、どんどん廃棄する競争をすればいい。それにはまず、核兵器をたくさん持っているところから捨てていけば、ほかは右にならえをしていくのです。持っている国が悪いのですから、初めに持っている国が捨てない限りは、いつまでたってもなくならないでしょう。

しかし、いまの核拡散防止条約というのは、そういう仕組みにはなっていません。核兵器を減らせばいいという規定だけがあって、アメリカやロシアの核を捨てて少なくしろという規定はないのです。だから捨てないのです。それどころか、みんなが真似をする。日本にも真似しようというやつがいるくらいで、冗談じゃありません。それこそ本当に人類のばかさ加減を一番表しているものです。

日本には不戦条項が憲法にあるのだから、積極的に、遠慮なしに主張したらいいと思います。もちろん、そういうことは僕らの領分ではなくて、政治家がやるべきことで、国際的にもやるべきことですが、あまりやっているように見えません。

「ひょっとしたら全滅だ」というところに競い合っていこうとしているのを、日本が真似することはないし、また、そんなものをいいと言う必要はないのです。核兵器を持つことについては、どちらの国が悪い、どちらの陣営がいいではなくて、全部悪いんだというのが正しいと思います。

現代というのは、文明や科学がどんどん発達していく一方で、人間の愚かしさがよりわかる時代かもしれません。そして、愚かさは露骨になってきました。それは、本をただせば、精神がだめになったからだと思うのです。

そう見ていくと、時代を下るにつれて精神はだんだんだめになってきたという言い方が、一般論としてはあり得るような気がします。

安藤昌益は、釈迦や孔子らを糞みそに言ってますが、こうした安藤昌益の思想は、現代においても傾聴に値するのではないでしょうか。

だから、いいことばかりを言うやつが増えてきたら、ちょっと危ないときだと判断したほうがいいと思います。安藤昌益の思想にしたがえば、それだけ時代が悪くなったことを示しているからです。

❖「豊かさ」に隠されたもの

僕は小さい頃は世間的には悪童で活発に外で遊ぶような子どもでしたが、青春時代になってから文学書の類を読むようになりました。そうすると親父に「おまえ、この頃覇気がなくなった」と言われるようになりました。そう言われると、たしかにそうに違いないかなと自分でも思いましたが、それが文学の毒だったという自覚をしたのはもう少し後からです。

その当時は、反抗心もあってか、親父が言う程度の覇気なんていうのはろくなものではない、手足を動かして活発だというそんな単純な覇気なんて大したことないぜ、もっと高度な覇気だってあるぞ、というふうに密かに反発しながら聞いていました。

しかし、後になると、親父の言葉にも合点がいくような気がしてきたのです。たしかに本を読んだことによって毒がまわったかもしれないと考えるようになりました。

世の中の一般的な価値観で言うと、本を読んだほうが本をあまり読まないよりも教養が身につき、思考が深くなって、人生が豊かになると考えられています。

でも、僕は小説や詩を読むことで、心が何かしら豊かになるということを妄信的に信じている人がいたら、少し危険だと思います。「豊かになる」ということほど、あてにならない言葉はないからです。もちろん、本を読むようになって、世間一般の人があまり考えないことを考えるようになったという利点はあるでしょう。でも、そうした利を得ると同時に、毒もまた得ると考えたほうがいいと僕は思っています。

本を読む人も、全然読まない人も、それぞれいます。本を読むのが好きな人でも、昔で言えば『一杯のかけそば』みたいに人に涙を流させるような本なら読むと言う人もいます。いや、そんなのはあまり高級ではないと言って、難しい本を読む人もいます。

本を読むことが、人をどう変えるかということに関しても、人さまざまでしょう。ただ、そこで多くの人が見落としているのは、要するに、本を読むということには、利とともに毒があるという点です。

たとえば、本をよく読むようになってから、実業的な利益に対してあまり関心がなくなるということがあるでしょう。情念の移り変わりや感覚のすばらしさに惹かれて、現実離れしたものが好きになっていく人はよくいます。たしかに、高度な感覚や心を持ち得ることで、人間としてよくなるという観点もありますが、その一方で、毒がまわっていることにも注意しなければなりません。

小説によっては、犯罪や人間失格的なものに価値を見出す内容のものもあります。それを読んで心を動かされることはあり得るでしょう。そして、現実世界でも人間失格的なものを目指そうとする。これを、毒がまわったととるか、人間として高度になったと解釈するか、人によって意見は分かれるかもしれません。ただ、どちらにしても確実なのは、何かに熱中するということは、そのことの毒も必ず受けるということです。これは、ごく当然の考え方ではないでしょうか。

人間自身もそうですが、すべてのものは善と悪を併せ持っています。どちらの面が強く出るか、それだけの話です。物事のいい面だけを見てもいけませんし、悪い面だけを見ても不十分です。いまという時代は、善悪両面から見る、あるいは善悪という価値観を脇において物事自体を見ようとする、そういう見方が必要な時代なのです。

❖あらゆるものに利と毒がある

本を読むことに利と毒があるのと同じように、あらゆるものに利と毒はあります。たとえばお金儲けをすることにも利と毒があります。

ホリエモンの場合はどうだったでしょうか。彼は若いのに金持ちになり、奇抜なアイデアがユニークだと評価される側面があった点は、利であったと思います。ただ、彼の毒がもっとも強く表面に出たのは、自民党の政治家の口車に乗せられて衆議院選挙に出馬したことでしょう。

テレビで彼を見ていると、これからの目標を聞かれたとき、ゆくゆくは国を背負って立つ政治家になり、日本の政治をよくするんだ、みたいなことを言っていました。お金持ちになったぐらいでやめておけばいいのに、そこまで言ったり、やろうとするのは相当に毒がまわっていると私は思いました。毒がまわっている人の特徴は、何でもやりすぎるということです。

そういうことを言うから、生意気だと目をつけられて、反感を持たれて、どこかにアラはないかと探されたということはあり得る話です。はたして、大金を儲けた人間が生涯のうちに大成して、日本国の模範になるような政治家になり得るかと考えたら、それは無理だと思います。

お金を儲けることに精一杯専心して、福祉事業や慈善事業をするにしろ、悪いことをするにしろ、その延長線で何かをするくらいはできるでしょう。でも、儲けたお金で政治家になって、自分の思うような政治をやるんだ、というのは無理があります。ごく一般的な人でも、そんなばかなことを考えてどうするんだ、と思うに決まっているわけです。

そこは若気の至りで本音を吐いてしまったのでしょう。その素直さもあって人気は高かったのですが、その毒はちゃんとまわっているなと僕は思いました。将来は日本国を背負って立つ政治家になり、日本を理想の国にしたいと本気で考えている人だったら、テレビカメラの前でそんなことは口にしないでしょう。

でもホリエモンは、平ちゃらでそんなことを言い出した。これはいかん、と見ていてそう思いました。それはおそらく若くして、昔流な言葉で言う「巨万の富」を手にしてしまったので、今度は何をやってやろうと考えた結果、行きすぎたのだと思います。

それは文学についても言えることです。たとえ何の利益にもならなくても、作家は書くことをやめないし、読む人もなくならない。なぜかと言えば、読者の立場から見て、どこかで自分が感じたのと同じことをこの筆者は感じているなという印象が持てれば、それは自分にとっての慰めとなり、勇気づけになるからです。

一方、筆者の立場からすれば、そういう読者がどこかにいることをあてにして、書いた甲斐があったという気分になりたいのです。これは目に見える利益ではありませんが、そういうことを密かに念願にして文章を書いているのだろうと思います。

僕自身もどこかでそう思っています。どこかで自分の文章が慰めになったり、勇気づけになったりすることを期待しているところがあります。しかしこの気持ちも行きすぎるとやはり毒がまわります。もしかしたら、僕の文章を読んで文学はやめた、という人もいるかもしれません。いずれにしても、僕自身には自分が詩や文章を書いたことの僕なりの毒がまわっていますから、その毒にあたっているのでしょう。

❖自分の毒に責任を持つ

実は、僕はまだ若い頃、自分の毒について深く考えさせられた苦い思い出があります。

六〇年の安保闘争のときに、僕は学生さんたちと接する場面が多くなっていましたが、なかには、闘争が終わったときに、ただ終わったとは思えなくて、うまくいかずに挫折して自殺した人も何人かいました。知り合いから「あいつは自殺しました。葬式は××でやるみたいです」という情報がまわってきたら、僕はできる限り出かけるようにしていました。

のそのそと出かけていくと、親御さんにあからさまに怒りの気持ちをぶつけられることがありました。「あんたの書いたものなんか読まないで、大学でちゃんと勉強していれば、息子はこんなことにならなかったはずだ」というわけです。面と向かってはっきりと言う人もいましたし、暗にほのめかす人もいました。

そんなとき、僕はいかにもそのとおりという感じに、申し訳なさそうにただ黙ってうつむいて聞いているだけでした。戦いの後始末というとおかしいですが、自分なりにしんがりを引き受けなければいけない、自分はそういう役割だからと思っていたので、反発をせずにただ黙って聞くということをずいぶんやりました。

親御さんがそういうことを口に出すというのは、つまり毒を外に出しているわけです。息子に対してふだんからどう向き合っていたのか、どれだけ息子のことを知っていたのか、そういうことが全部愚痴の中に出てくるのです。

そんな中、ただ一つだけ、それは違うと思ったことがありました。それは、自分の息子は何も邪魔されなければ、大学で一生懸命授業を受けて勉強しているはずだという思い込みです。

それは違います。僕は自分の経験や実感から言って、大学はそんなに熱心に勉強するところではなく、サボって何かをやって、卒業すればいいくらいの場所です。

無性に親御さんの考え方に納得がいかない気持ちになりました。三人いれば三人の父母がみんな同じように言うので、「それは嘘だよ」と言いたくなったほどです。でも、そんなことを言ったらなおさら怒られるだけなので、何も言わないでハァという調子で聞いていたのです。

自殺していった人は、僕が書いたものの毒を受けてしまったのかもしれません。子どものときから、僕の中のどこかに自殺したいという思いがあって、そういうのがひとりでに書くものに反映しているのかなと、いろいろなことが自分の反省材料にはなりました。

こうしたことがあるので、文学を読めば感性が豊かになる、とばかり言われると、それはちょっとおかしいと思うのです。豊かにもなるだろうけど、同時に文学には文学固有の毒があるから、毒もちゃんとまわるのです。それは忘れないほうがいいと思います。

豊かになるから文学は百パーセントいいものだなんて、そんなばかなことはありません。豊かにもなるかもしれないけれども、毒がまわって世間的に役に立たない人間になることもある。毒のまわり方は読む人それぞれかもしれませんが、何かに熱中した限りは必ずそういうものを受けます。

お金に毒があるということは、誰もがよくわかっていると思います。お金は怖い、お金は人を変えるという話をよく耳にするからです。しかし、文学や本といったある種芸術的なものにも利と毒の両面があるということは、あまり意識的に考えていないのではないかと思います。世間一般では、物事の毒がどこにあるかわからない、あるいはそれが存在することすらもわからない、という人が多いのではないかと思います。

これは文学に限りません。なにごとにおいても、いいことばかりではなく、毒のほうもきちんと言わなければならないと思っています。また自分自身の問題として、時にはどういう毒が自分にまわっているかということも冷静に考えることをしないと、大きく間違ってしまうこともあるのではないでしょうか。

人間自身についても同様です。利と毒という考え方をすると、人間だって善悪を併せ持っていることがわかります。世の中には、百パーセント善人という人はいません。善人が急に悪人に変わったり、その逆が起こるということは、そういうことなのです。

職業を選ぶときにも、この考え方は必要だと思います。どんな職業の人でも、それが自分にとって少なからず利点があるから選んだのでしょうが、物事の利ばかり考えないで、毒のほうも考えるというほうがいいのではないかと思います。もっとも、僕にしても物事の二面性を注意深く考えるようになったのは、ようやく人生の後半になってからですが。

毒というのは利と一緒にある。そして逆説的な言い方をすると、毒は全身にまわらないと一丁前にならない、という印象もあります。一丁前の作家でも詩人でも、文字を書いて仕事をしている人は、必ず毒がまわっています。

そういう人は、せめて毒をそのまま出さないようにしたり、あるいは毒を超越するようにしたりと、絶えず考え続けることで、かろうじて均衡を保っているというのが妥当なところでしょう。

❖運命に従う以外、いい生き方はない

村上ファンドの代表だった村上世彰《むらかみよしあき》さんが、逮捕される直前に開いた記者会見は記憶に残っている方も多いのではないかと思います。「金儲けは悪いことですか」と声高に問いかけていたのが印象的でした。

時代の寵児ともてはやされ、一世を風靡した人たちがあっけなく逮捕されていったのを見て、むなしさを感じたかもしれません。本当にいい人生とは何なのかと考えるきっかけとなったのは確かでしょう。

では、いい生き方とは何かと問われれば、僕はこう考えます。自分が持って生まれた運命や宿命というのがあるとすれば、それに素直に生きていくことではないかと。では、運命や宿命とは何かと言われれば、主としてその人と母親との関係で形成されてきたものだと思うのです。それに忠実に生きていく以外に、いい生き方ってないのではないでしょうか。

運命がもしひどいものだったら、それを超えようとして苦労したという部分が顔の表情にも性格にも表れてくるでしょう。

具体的に言うと、前思春期にあたる十五、六歳ぐらいまでの家庭状況というも

のが、その人の性格形成に大きな影響を及ぼすわけです。もっと詳しく言えば、性格形成には、母親あるいは母親代理の人の影響が一番大きいでしょう。それ以降の人生は、自分自身でつけ加えたり修正したりすることにより、生き方を変えていくことができます。

しかし、運命を形成する性格的な部分は、主として前思春期までに決まってしまいます。それを他人は動かしようがないし、本人もなかなか動かすことができません。どう生きるのが自然かというのも、本人にしかわからないということになります。

たとえば、前思春期に貧しい生活を送った人が、その反動で、将来お金持ちになりたいと思うのは、与えられた運命に逆らっていないことになります。もし、その人が本当にお金持ちになって、うまく成功したら、それは非常に立派なことであるという考え方を、僕は持っています。

こういう考え方は気に食わないという人が、左翼的な人には多いのですが、僕はそうではありません。子どものときにさんざん貧乏したのだから、その反動でお金儲けに専念してお金持ちになろうというのは、それはいいことではないかとます。それを悪いという理由もなければ、妨げる理由も他人にはないと思います。

そこのところが、一般の左翼の人にはいくら言ってもわからないことでもあります。そういう考えは癪《しゃく》にさわる、けしからんということらしいのですが、そんなことは絶対にありません。

どんな社会であっても、自然に振る舞って、お金持ちになりたいと素直に思ってそれを実現したら、それはいいことだという以外にありません。

たとえ社会主義国家の偉い人、指導者であっても、おまえは金持ちになってけしからん、と言う権利はないし、そういうのは間違いだと思います。自分は別にお金持ちになりたくないという人がいれば、それはそれで自由ですが、少なくとも他人が金持ちになりたいと思って努力することを妨げる理由にはなりません。少なくとも周囲に害を及ぼしていないのであれば金儲けもけっこうなことではないでしょうか。

では、おまえは大金持ちになった人を、本心から肯定できるのかと言われると、正直なところ、我ながらちょっと疑わしいところがあります。僕もお金がほしいと思ったり、お金がなくて困ったりもしますので、素直に肯定するのは難しいかもしれません。

でも、その人が一般の人に害を及ぼすようなお金の獲得の仕方やつかい方をしない限り、どんな立場の人でも肯定するのが正当なことではないでしょうか。原則的には、誰も文句を言う筋合いはありません。

マルクス流の理屈から言うと、自然に対して何か働きかけたら、利潤というか剰余価値が必ず出てきます。剰余価値を生むために働きかけるのですが、その剰余価値は何らかの形でその人に帰するわけです。

その剰余価値を悪くつかわないのなら、別に何も文句を言われることはない、という理屈になります。しかしスターリン以降の左翼の人は、なかなかそのことを納得してくれません。けしからん、癪にさわると言うのです。そこには、個人的感情とか、心理状態とか、嫉妬とか、いろいろなものが入ってきてしまうわけです。

剰余価値を悪くつかうというのは、お金持ちになった人がそれをつかって悪いことを企んだり、さらにお金を増やそうとすることです。そうなってしまう一番の原因は、そもそもその人自身の心構えが悪いということになります。たとえば、本来模範となるべき政治の指導者たちがインチキをしているのだから、俺もやったっていいじゃないかという言い訳を用意している人もいるでしょう。

もし、お金を貸して、相手が約束どおり返さなかったら、脅かしたって何をしたって返してもらわなければならないという考えがあります。それがいいことか悪いことかは、常識的な判断に委ねるより仕方がありません。しかし、この問題を愛という観点で考えると判断が違ってきます。つまり、貧しい人に対して、暴力的で脅迫じみた借金の取り立てをするのはよくないという判断です。

でも、お金持ちになったからといって、どこかに寄付をしなければならないとか、施しをしなければならないかというと、それは違います。お金持ちになったら心の向くままに贅沢をしたり、うまいものを食ったり、旅行に金をつかうというのは、別に悪いことでも何でもなく、あくまでも自然だと思うのです。

❖埴谷さんの誤解

たとえ成金趣味な家に住んでいても、それは個人の好みの問題だと思います。しかし左翼の仲間はそれをなかなかわかってくれないところがあります。

僕の家は金融公庫の融資付きの家なのですが、要するに一般のサラリーマン層のために建てられたものです。引っ越してみると、シャンデリアが二個くっついていた部屋があって、電気屋さんに、こんなのは余計だからとって、普通の蛍光灯にしてくれませんかと言ったのです。そうしたら、こんなシャンデリアはつかう人もいないから下取りもできないし、つけたままでいいじゃないですかと言われて、とってくれませんでした。

埴谷雄高《はにやゆたか》さんと論争したときにこのことを指摘され、おまえはシャンデリアのついた家に住んでいるじゃないかと書かれました。僕は癪にさわったので「うちの灯りがシャンデリアであろうと行灯《あんどん》をつけていようと、そういうことを他人から文句を言われる、そういう社会は来ないと思っている」と書いて、反論しました。でも、ちょっとがっかりしました。

埴谷さんは、一種の昔流の古い時代の左翼ですから、金持ちはけしからんの一本槍です。金持ちの政治家も、金持ちの実業家もけしからんという意味合いの左翼が旺盛に横行していた時代に左翼になった人ですから、そういう発想が残っていたのだと思います。

僕らは、食うだけは困らないという、いわゆる中産階級が八割以上を占める時代に青春期を迎えたわけですから、そんなことはあまり気になりません。悪いことをしない限り個人の勝手だし、自分がそうなりたいと思ったならなればいいと思っている、そういう時代に育ったので、埴谷さんの世代とは考え方がだいぶ違っているわけです。

埴谷さんという人は、左翼の中でも僕が尊敬している人でしたが、ああ、この人はこういうことを書くのかと思って非常に残念でした。もし、シャンデリアがついている理由を聞いてくれれば説明したと思います。埴谷さんともあろう人が、確かめもせずに噂話だけで論争の中に書くなら、日本の左翼は終わりだと密かに思ったくらいです。

もっとも、僕はいつも他人の悪口ばかり書いていて、埴谷さんにも一つだけ悪口を書いたことがあります。もしかすると、シャンデリアの件は、僕に悪口を書かれたことの仕返しのようなものだったのかもしれません。

僕が書いた悪口はろくでもないことで、当時埴谷さんは、核戦争反対という団体の発起人みたいなことをやっていたのですが、それは矛盾があるのではないかと指摘したのです。

どうしておかしいかと言えば、ソ連（当時）も核兵器を持っていて、その頃は核ミサイルを国境から日本に向けていたことがしょっちゅうあったにもかかわらず、その団体はソ連の核兵器については触れないで、アメリカの核兵器だけをあげつらうわけです。

もともと埴谷さんは、こんなことを言っていました。

「ソビエト連邦の普通の兵士たちは、クレムリン宮殿に向かって武器の砲身を向けて、指導者が核兵器を捨てなければ、そこに大砲を撃ち込むぞと言う。アメリカの兵士たちはペンタゴンへ大砲を向けて、指導者が核兵器を捨てなければ撃ち込むぞと言う。それをやることが核戦争をなくす方法だ」

そうしたことを言った唯一の日本人だったのです。それなのに、アメリカだけにものを言っている左翼の人たちの団体の発起人になったので、僕はそれに文句をつけたのです。

その文句のつけ方を見て、後輩のくせに生意気だという感情を抱いたのかもしれません。それをシャンデリアでお返しされて、これには参ったと思いました。埴谷さんからは、その論争が終わってから、吉本にすまなかった、謝っておいてくれという、間接的な伝言がありました。泣き寝入りせず、恐縮しないでよかったと思います。

僕もそうですが、調子のいいことを言っているうちは、他人の批判など頭に浮かばないものです。でも、「おまえ、本当にできてるのか」と突っ込まれると、怪しくなってきて、これはいかんと反省しきりなことが多い。自分ができていなければ、言うべきではないというのが本当のところです。そうした心がけは大切にしていますし、そういうことに気をつかっています。

❖いいことをさりげなく、悪いことは大げさに

いろいろな仕事にそれぞれ毒はあると思いますが、以前はぎりぎりのところで毒と利のバランスがある程度うまく保てていたような気がします。しかし、この頃はいろいろな職業の毒みたいな部分が表に次々と出てきているようです。学校の先生、警察官、牧師のようないわゆる聖職者とされてきた人たちが、犯罪を平気で犯すようになりました。しかも情けないような犯罪もあります。

聖職者という職業の毒として、もっとも問題なのは、「教える毒」ではないでしょうか。「教える毒」とは、わかりにくいかもしれませんが、僕らの商売でもそれとちょっと似たようなところがあります。「教える毒」に対して僕が一番気をつけているところは、いいことを言うときには、何気なく言うということです。

たとえば学校の先生の場合は、いいことを本当にいいこととしてはっきりと言わないと子どもたちに通じませんから、いいことをもっともな口調で言うのに慣れています。でも、いいことをいいこととして言うと、みんなが道徳家になってしまいます。これはよい、これは悪い、こうするのはよい、こういうのはよくな

いぞと断じていくようになり、いつももっともらしい口ぶりになっていくわけです。それはある種の毒です。

牧師さんの毒も同じです。キリスト教の牧師さんというのは仏教と違って、死者のお相手よりも、日曜ごとに教会に礼拝に来た信者さんにいい話をするということが大事な役割です。とくに西欧のご老人は、牧師さんからいい話やありがたい話を聴きたいという希望が大変多いそうです。日曜ごとに教会へ行って牧師さんの話を聴くのが楽しみということですから、そうなると牧師さんはいきおい、なにごとも教えるという説教口調になりやすいわけです。

教える毒。僕らの職業も、それに類似したところがあるのでしょう。そうすると、毒がまわりたくないからどうすればいいか、としょっちゅう考えることになる。結論として、いいことを言うときはさりげなく、平気な感じで言ったほうがいい。逆に、ちょっと腕白な悪童のようなことを言うときには大きな声で言う。そうすると、毒のまわり方は少ないと思っています。僕はできるだけそうしています。

若いときに頼まれて講演をするときでも、できるだけいいことをいいこととして言わないように、それだけは心がけてやっていました。いいことをいいことのように言うことは、何となくみっともなくてしょうがないという気持ちがあります。

聴くほうにしても、いかにも学校の先生や牧師さんみたいな調子で話されたら、どうしても息苦しくなってしまうでしょう。先生みたいな人が、生徒を前にしたような調子でしゃべっていれば、ああ、ばかなことを言ってやがる、と思われるに決まっています。

立場が上の人ほど、いいことをいいふうに言ってしまうと、身も蓋もありません。味気もなくなります。小学校の生徒がいいことを言うのはかわいらしいですが、先生のほうはあんまりそれはやらないほうがいいと僕は思っています。先生がそうしなくても、子どもはちゃんとわかっているのですから。

子どもは子どもなりの感覚で大人を見る目をちゃんと持っていますし、それで判断をしているわけです。別に大人がいいことを話さなくても、自然にやっていればそれでいいのではないでしょうか。

もし、そういういいことを言わざるを得ないときには、さりげなくというのがいいと思っています。そして、悪態は大っぴらについてしまう。そうすると、毒のまわりは少なくなると思っています。

❖悪人正機

僕は世の中に絶対的価値観は存在しないと考えていますが、では、そもそも善とか悪とかいうのはどういうものでしょうか。人は昔から、善と悪について考えてきました。永遠のテーマと言ってもいいでしょう。ここでは、浄土真宗の開祖親鸞《しんらん》の考えに沿って、善と悪について考えていこうと思います。

僕の家の宗教は親鸞教、つまり浄土宗から分かれた浄土真宗でした。親鸞はお師匠さんの法然《ほうねん》から分かれて浄土真宗をつくりました。法然の直系の人は浄土宗を引き継いでいて、いまも浄土宗というのはあります。

浄土真宗が家の宗教だったので、小さいときからお葬式とか法事といえば、お坊さんが読むお経を聴いていました。一つは親鸞の「正信偈《しょうしんげ》」という正規のお経で、もう一つは蓮如《れんによ》の「白骨の御文章」と呼ばれているものです。「正信偈」はお経ですが、蓮如の「白骨の御文章」というのは普通の文章で「朝に紅顔を誇っている身も夕には白骨と化する」と言っています。それを聴いてすごいことを言うものだなあ、と思っていました。そういう雰囲気に慣れていたことも親鸞に興味を持った理由かもしれません。

唯円《ゆいえん》というお弟子さんが編集したとされる「歎異抄《たんにしよう》」というのがあります。これも普通の読み下し文なのでわかりやすいのですが、これを読むと、現代の日本に実にぴたりとくるところがたくさんあります。

「歎異抄」は親鸞の言葉を集めて書かれたものですが、たとえば、よく知られているのは、「善人なをもて往生をとぐ、いはんや悪人をや」という一文です。正当に言えば、悪人が往生するくらいなら、善人が往生するのは当たり前だ、というところを、逆な言い方をしています。つまり、善人すら往生する。だから、悪人ならなおさら浄土へ往生するんだ、というのです。こうした逆説的な言い方をする心境が僕にぴったりときて、それが親鸞に深入りする原因でした。

歎異抄には、次のような話もあります。京都に隠居した親鸞を、関東の弟子たちが十いくつもの国境を越えて訪ねてきたときのことです。親鸞はこんなふうに言っています。

「おまえさんたちが十いくつもの国境を越えて命がけで私に会いに来たのは、浄土真宗の念仏往生の要諦を聞きたいからだろう。だけど、私はそんなことは何も知らない。ただ、法然という師匠が念仏を唱えれば極楽あるいは天国へ行ける、往生できると言っているから、自分はその言葉を信じているだけだ。

教義上の矛盾や問題を聞くつもりで来たのなら、私のところに来てもしょうがない。比叡山や高野山に行けば学問のある偉い坊さんがいっぱいいるから、そこへ行って聞けばいい。私はただ法然の言うことを信じて、地獄に堕《お》ちても仕方がないと思って、それにしたがって念仏すれば往生できるというのをそのまま信じているだけで、私は何も知らないよ」

これもまた逆説と言えば逆説です。法然もそうでしたが、親鸞も比叡山で十何年間修行した優等生です。しかし「自分は念仏しか知らない。教義上の問題なら比叡山や高野山で聞け。自分はたとえ地獄に堕ちようとも、法然の言うことを信じているだけだ」と言っているのです。

そういうふうに逆説的に言うところが、若いときはよくわかるような気がして、戦後になってからも続けて親鸞に深入りしていったのです。

◆親鸞の未来性

そうすると、いろいろなことがわかってきました。法然は戒律を守り、きちんとしたお坊さんで、比叡山第一の秀才と言われた人ですが、親鸞というのは、魚を食ってもいいし、生きものを食ってもいい、妻帯してもいいということで、坊さんとしての戒律をことごとく破ってしまった人です。

越後に流されて、「自分は本当を言うとお坊さんではない。しかし、俗人でもない。そういう人間なんだ」と言うようになりました。越後で豪族の娘だった恵《え》信尼《しんに》と結婚をして、親鸞独特の思想を編み出すまで修行をしたようです。そして、罪を許されると京都には帰らず、関東一円で布教して、独特の浄土真宗をつくり出しました。

親鸞の教えで何が特徴かといったら、「修行したら浄土、天国には行けないよ」と言ったことです。修行をしてはだめだというのです。僧侶がやるような修行をしたら浄土、天国へはいけないということを言い出したのです。

そして、もう一つ、あえて言えば、これもすごいと思いますが、「浄土」、つまりキリスト教で言う天国は、実体としてはないと言ったのです。それをどう理解し、どう訳すかは人それぞれでしょうけれど、「念仏を一生のうち一度でも唱えれば浄土に行けるよ。ただし、浄土はどこか高いところにあると思っているかもしれないけれど、実体としてそんなものはないんだよ」と言っているのです。

親鸞は、「料として西方阿弥陀仏は」と「料として」という言葉をつかっています。いまの言葉でどう訳したらいいのかわからないのですが、「手段」というのはちょっと違うような気がします。「よすが」として浄土を設定していて、実際にそれがあるわけではないと、僕は解釈しています。

僕はもともと無信仰ですが、親鸞はほとんど無信仰に近いところまで仏教を持っていきました。戒律もすべてやめました。意識的に、自覚的にそうしていきます。そういうところは普通のお坊さん、そしてお師匠さんの法然とも桁違いです。

す。

法然は、宗教を貴族や侍のためばかりではなくて、一般の人のものにしなければいけないということで比叡山を下りて念仏宗、浄土宗を開きました。親鸞にとっては、それは当たり前のこととして、さらに次のように仏教の考え方を変えました。

「修行なんかしても浄土に行けない。浄土は実体ではないから、行くも行かないもない。ただ、たとえ話で言うと、天皇の子ども、皇太子が次に天皇になるということは決まっている。そこで天皇を浄土とたとえれば、浄土に行くことが決まっている皇太子という地点までは人は行くことができる。だけど、それは天皇そのものではないから、死んだらすぐにそこに行けるということではない。ただ、死ぬまでに真心から唱えればそこに行ける」

少なくとも、修行を積んで徐々に悟りを開いたら来世に行けるということではありません。念仏というものは、若いときに真心から一回唱えたというのでもいい。善行を積もう、修行しようなんて考えなくていい。お寺を建てようとか、立派な仏像をつくろうとか、そんなふうに考えなければ天国へ行けるんだ、というふうにしたのです。

ある意味で仏教にとどめを刺した人です。はたして、その考え方がいいか悪いか。天台宗や空海《くうかい》が興した真言宗など、宗派はいろいろありますから、ほかの宗派の人は親鸞の考え方を決していいとは言いません。しかし、近代以降の日本の知的な人たちに言わせれば、ほかのは宗教だが、親鸞の考えだけは宗教にとどめを刺した宗教だととれるわけです。そこは僕にとってはものすごい魅力です。

親鸞は「自然法爾《じねんほうに》」という言葉をつかっていますが、これは善悪を考える以前のことで、宇宙の自然のそのままがいいんだという発想です。

この人の言うことが真理に近いと思えるのは、いまの坊さんが結局はみんな親鸞と同じことをしていることからもわかります。そのこと一つとっても、いかにこの人が言ったことが真理に近かったかということが言えるでしょう。

律令制の僧尼令が決めた戒律をみんな破っているではないですか。そんなものはただの形骸としてしか存在していません。

僕は信仰はありませんが、我々一般社会の人間でも「これはよくわかる」というところまで、親鸞が中世に言い切り、やり切ったことは、坊さんとして異端です。

当時、比叡山で最澄《さいちょう》が開いた天台宗の古典的な信者、たとえば、日蓮《にちれん》などは、法然門下の人をこき下ろしています。坊さんの格好をしているが、まがいものという意味で、「禿人」とまで言っています。当時の人からは、途方もないことを言う人だと見られていたのでしょう。

でも、いま見れば、「ほれ、坊さんたちもみんなそのとおりになったじゃないか」ということになるわけです。親鸞というのは未来性を持った人でした。

❖善・悪どちらを優先して考えるか

善・悪どちらを優先して考えるか。これを考えるには信仰のあるなしが大きな問題になってきます。親鸞は当然信仰を持っている人ですから、そこが僕にとってわかりづらいところではあります。

善人が天国に行けるなら悪人はなおさら行ける。そういう考え方はまったくそのとおりに考えていたのではないでしょうか。理屈はどうかと言えば、要するに、善人は救済を必要としていない。だけど、人間、救いを必要としているとすれば、それはどこかに悪を持っているからだという考えがもとになっていると思います。

こうした考えを受けて、「悪人が天国に行けるというのなら、意識して悪いことをしたらいいじゃないか」と言って悪いことをするお弟子さんもいました。それを造悪論と言います。それに対して親鸞は、「じゃあ、いい薬があるからといってわざと病気になったり怪我をしたりするか。それはしないだろう。だから、つくった悪はだめだ。心ならずも悪いことをしてしまったとか、ひとりでにこうなってしまった、という悪の人は必ず救われるんだ」という考え方で応じます。意識してわざとつくった悪は、いい薬があるからといってわざと病気になるのと同じことだというわけです。人間はそんなことはしないし、それは成り立ちません。病気の人がいい薬を飲めば効くでしょうが、病気でもない人は薬は要らないのです。

では、病気も含めて悪に類することがどうして存在するのか。「人間にはさまざまな欲望がある。この現実社会は欲望の故郷みたいなもので、執着があってなかなか去りがたいものであるし、欲望自体がなつかしいということがある。だから早く浄土へ行こうという考えが起こらないんだ」というのが親鸞の考え方だと思います。

また、なぜ人は悪をなすか、ということについても「歎異抄《たんにしょう》」の中で、親鸞は言及しています。

「あるとき、親鸞が唯円に『おまえは俺の言うことなら何でも聞くか』と言った。唯円は『お師匠さんの言うことは何でも聞きます』と答えると、親鸞は『じゃあ、人を千人殺してみろ』と言った。唯円は正直に『いや、人を千人殺せと言われても、一人の人間さえ殺すだけの気持ちになれないし、それだけの度量もないから、それはできません』と答えた。親鸞は『いま俺の言うことは何でも聞くと言ったのに、もう背いたじゃないか。そういうふうに業縁《ごうえん》がなければ一人の人間さえ殺せないものだ。だけど、業縁があるときには、一人も殺せないと思っても千人殺すこともあり得るんだよ』と言った」

僕は機縁と訳していますが、仏教の言葉では業縁と言っています。つまり、一人のときにはたった一人も殺せないのに、たとえば戦争になると百人、千人殺すことはあり得る。それはその人自身が悪くなくても、機縁によって千人も殺すということはある。だから、悪だから救われない、善だから救われるという考え方は間違いだ、ということです。これはすごくいい言い方だと僕は思いました。

❖一方的な視点で見る危険性

オウム真理教の地下鉄サリン事件が起きたとき、親鸞の影響を受けた僕の考え方からすると、批判するにせよ、認めるにせよ、オウム真理教の開祖である麻原《あさはら》彰晃《しょうこう》の気持ちを探り、どういうつもりでこういう事件を起こしたのかを第一義に解明しなければならないということを言いました。

ところが、そういう方法をとると言っただけで僕は怒られてしまいました。吉本は麻原彰晃を擁護している、という記事が出たのです。

僕は、そんなことは何も言っていなくて、麻原をただの凶悪犯人として片づけるというのはおかしい。宗教家としてどういう考え方を持って、どういうつもりで地下鉄サリン事件を起こしたのか。そういうことを解明しなければ、裁いたことにも、批判したことにもならない、ということを言っただけなのですが、僕は麻原彰晃を応援したことになってしまいました。

そうした記事に対して、もちろん抗議はしました。批判に対しては書きましたし、「こんなでたらめなことはない」と言いました。ただ、本当の僕の気持ちで言えば、麻原彰晃という人は黙っていないで、俺たちの宗教はこうであって、こういうことだから自分はこう考えてああいうことを実行し、そうしたら、自分が思っているよりもはるかにひどい結果を生んでしまったとか、そういうことについて、裁判の最後にその意図を明らかにしてほしいと願っているわけです。僕は別に弁護したいわけではないし、肯定したいわけでもありません。

ただ、宗教家としてどのくらいの人なのか。それを明らかにするということが、僕らみたいなことをやっている人間の義務とまで言わなくても、本気でやるべきことだと思ったのです。法律上ではただの凶悪犯人かもしれませんが、どういう意図があったのか、それとも、教義上「俺たちに反対するやつは皆殺してもいい」ということになっていたのか。それはよくわかりませんが、宗教というものは本来的には怖いものなのです。

日本で言えば、実際に、天台宗の僧兵が薙刀《なぎなた》を持ち、御輿《みこし》を担いで訴えを強行するということも起きています。

だから、麻原彰晃も教義にもとづいてやったら思わぬ大きさになってしまったということなのか、あるいは単に「やっちまえ」ということでやったのか。それは当人がはっきりさせないと、ほかからは言いようがない、ただの噂話になってしまうだけです。

つまり、宗教家として麻原彰晃というのはどの程度の人で、どういう考えでやったかということは知りたいし、それを知らないと僕らの判断ができないところがあります。

つい最近下された「死刑」という裁判所の判定も、こいつが大将だからどうせこいつが命令したに違いないということで進められたようです。

でも、本当を言うと、誰に命令して、誰にやらしたか、その結果これだけ死んだり、後遺症で苦しんでいる人がいるということが、すべて結びつかなければ、なかなか一人の人間を有罪にはできないはずです。

僕が新聞で見ている限りでは、まだ完全に証明はできていないと思います。しかし、証明のあるなしにかかわらず、結果的にこれだけ大きな事件になり、人が何人も亡くなられたわけですから、それだけで死刑ということになるだろうという感じはありました。

本当は宗教家としての言葉があればいいのですが、それがなければ、ただ法律的に裁いたというだけになってしまいます。

犠牲者の家族や怪我をしたり後遺症で苦しんでいる人も含めて、悪のほうも見なければ十分ではありません。それではいいことばかり言うのと少しも変わらないのではないでしょうか。

2　批評眼について

❖「いいもの」は好き嫌いで判断できない何かを持っている

僕は最初、詩を書いていましたが、自分で自分の詩をうまい詩ではないと思っていました。理屈っぽいところがあって、詩を書くと無意識に表れてくるべき問題があまり出てこないのです。意識をすれば問題は出てくるのですが、無意識のうちに形成された自問自答のようなものが自分の詩に出てこない。それが自分でも不満でした。

そうした自分自身に対する不満があったからこそ、他人の作品を見たときに、どこが悪いのかを見る批評眼が芽生えてきたのではないかと思います。

そもそも、いい作品、悪い作品というのは本来ないはずですが、それでも、しいていい作品とそうでない作品を見分ける方法というのはあります。

文句なしにいい作品というのは、そこに表現されている心の動きや人間関係というのが、俺だけにしかわからない、と読者に思わせる作品です。この人の書く、こういうことは俺だけにしかわからない、と思わせたら、それは第一級の作家だと思います。とてもシンプルな見分け方と言ってよいでしょう。

それは、たとえば小説の中に書かれている事件がいま風で面白いということとはちょっと違っています。いまの事件を書いたら、それはそれで面白いかもしれないけれども、しかし、その作品が、これは俺にしかわからない、みたいなことをきちっと読者に感じさせるものかどうかは別の問題となります。作品がいいか悪いかは、中に出てくる事件の面白さやよさだけではないということが言えます。

つまり文学作品のよさというのは意味の流れだけではなくて、何かを感じさせる、言ってみれば、文体の表現的な価値なのかもしれません。そういうものも含めて読者に感じさせるものがあったら、一流の作家と言えるのではないでしょうか。読んだ全部の人が「俺だけにしかわからない」と感じるとしたら普遍性があるということになると思います。あるいは、この感じは自分だけにしかわからないだろうという微妙な心の動きがちゃんと出ている、ということだったら一流の人と言ってもいいと思います。

そこまでいかなくても、時代を同じくした人間にはよくわかるだろうという印象が、読者の中に響いてきたら、それはややいい作家だと言えます。

この二つのタイプ以外の作家は、ごく普通の作家だと思います。もし、この人は初めから人を喜ばせよう、感心させよう、共感させようと思って書いているなと感じるようなら、僕だったら「だめ」と判定します。そう決めつけるのはいけないかもしれませんが、そうした作品を書く作家は、あたかもお笑い芸人が、人を笑わせることが職業だと思っているように、ベストセラーを意識して、読者を感心させるのが職業だと思っているからです。

「だめ」と言っても、読んでいて瞬間的に感心したり、面白いと思ったりすることはあります。でも、多少でも時間を長くとって読んだり、何年か経って読んだら、つまらないことを書いているなと読者が思うような作品です。

いい作家は、それとは逆に、「俺だけにしかわからんだろうな」と、たくさんの人に思わせるものです。一人一人は、「俺だけ」という感じに思うのですが、そういう人がたくさんいる。そういう作品を書く人が、時代が経ってもなかなか滅びない作家と言えます。人間としての普遍的な心理をうまくつかんでいるとも言えるでしょう。

明治以降の作家で言えば、森鷗外《もりおうがい》や夏目漱石《なつめそうせき》には、そう思わせるところがあります。

「この心の動きは俺にしかわからない」あるいは「俺しか体験したことがない」と、それぞれの読者に思わせるわけです。「俺だけ」と思う人がある程度多くいる。それが小説家でも、詩人でも、書くことを職業とした人の醍醐味ではないでしょうか。たいていの人はそういう醍醐味がほしいために小説家になったり、書いたりするのですが、なかなかつくれません。

僕たちの世代で、そうした醍醐味をつくった人と言えば、太宰治がいます。ただ彼の場合は、「俺にしかわからない」ではなくて、戦争が終わった、あるいは戦争に負けた後の状態、その両方を一遍に体験したという世代の人間でないと、この気持ちはわからない、と思わせる作家です。この人の作品はこれから相当長生きするのではないでしょうか。戦後では、太宰治のほかには武田泰淳《たけだたいじゅん》がいるくらいではないでしょうか。

この二人は、大変な人だと思います。人によって好き嫌いはあるでしょうけれど、好き嫌いだけで判断することはできません。この人たちは、それで片づけるわけにいかないものを持っています。さらに時間が経った後、どのように見えるかまだわかりませんが、この二人以外は、「この作家は好きだけど、この作家は好きじゃない」ということで、大体片づいてしまうのではないでしょうか。

文芸批評の一番重要なところは、こういうことが判断できるかどうかです。つまり、「俺だけにしかわからないことだ」あるいは「俺と作者にしかわからない」と読者に思わせる作家もいるし、「俺たちの世代にしかわからない」と思わせる作家もいることが、まず基本的に判断できて、そういうことを文章で表現できれば、批評を商売にできるのではないでしょうか。それはたぶん、素質の問題ではなくて、読みの深さや、その人の持っている時代性、周囲の小さな環境から、さらには社会の大きな環境まで、そういうものを含めていろいろなことを精神的に体験していることが必要なのかもしれません。それが文芸批評家だと言える条件のもっとも基本的なことだと思います。

僕は文芸批評を通じて、作家や作品をよく見るようになりました。たとえ大方の評価が決まっているものであっても、もう一度自分の目で確かめ直してみます。そして、自分なりの見方を磨くことで、見えなかったことが見えてくることもあります。批評というのは、物の本質を見抜く必要最低限の方法だと思うのです。

❖シンプルな判断基準

僕の文芸批評のやり方は、先ほど述べたとおりいたってシンプルです。大体においてシンプルな基準を自分の中に持っていると、第一の利点として、まわりにふりまわされることが少なくなります。

まわりにふりまわされるという点において、一番神経質になるのは噂話や評判の類です。僕は人の噂や評判は、まずそれが事実かどうか確かめるようにしています。そして、そこで大切なのは、自分を一般社会の中で暮らしている普通の人間だというふうに位置づけることだと思うのです。

たとえば、小泉純一郎が二〇〇五年の総選挙で大勝利を収めたときのことを考えてみましょう。あのとき、田中康夫あたりは、進歩的な自分たちのほうに票が集まると思っていたのに、そちらへは票が行かず、かえって引き離される結果になってしまいました。

それはなぜか。新聞記者の中には、こういう裏があってこういうことだったんですよ、みたいなことを僕に教えてくれる人もいましたが、僕はそういう話は信用しません。一般社会の新聞記事として出てくるものしか信じないことにしているのです。

つまり、消息通は知っているけれども、一般の人だったら知らないという情報は、僕にとっては意味がなく、誰にでもわかる材料しかつかいません。噂や評判で人のことをああだこうだとは言いたくないのです。それだけは心構えとして持っています。

知り合いの新聞記者が、二〇〇六年四月に行われた千葉七区の補欠選挙のときに、民主党の党首になった小沢一郎の裏話を教えてくれたときは、さすがになるほどなあとは思いました。それでも、僕の判断材料にその裏話は入っていません。ここでどんな裏話だったかと書いてしまうと問題になってしまうので書けませんが、さすが消息通はよく知っているな、とつい感心してしまうような話でした。

僕が考える千葉の選挙で民主党が勝った最大の理由は、民主党代表となった小沢一郎がいままでのイメージを変えたことにあると思います。もし左翼的な考えの人だったら、自分が権力を持ったときに、選挙で対抗馬として戦った人をポストにつけることはしないものです。でも小沢一郎は、菅直人《かんなおと》を代表代行にし、鳩山由紀夫をそのまま幹事長に留任させました。国民の側からすると、何となくいままでの民主党のイメージとは変わった気がして、期待感がふくらんだことが結果につながったと思います。

もう一つの理由としてテレビで、田中眞紀子に小沢先生はすばらしい人で私は傾倒している、というようなことを言ってもらったことが挙げられるのではないでしょうか。勝因はこの二つではないかと思っています。

消息通の人は裏話をさかんにやっていましたが、僕はそんなものはあまり認めません。自分はそういう特殊な場にいないわけですから、一般に伝わる情報だけで考えます。そうすると、ある場合には一致しますが、ある場合には違うこともあります。

田中眞紀子については、以前女性の自民党の候補者の応援に行ったとき、候補者が親しげに肩に触れたとき、それを拒否するような態度をとったのがテレビに映ったことがありました。それが田中眞紀子の評判を落としたというのが消息通の見方でした。でも僕には、そんなに意図的にやったようには見えなかった。女の人が「何よ、あんた」と言うのと同じ程度のことと見えました。消息通の人たちは、何でも大げさに事件にしたがる傾向が強いと思います。

秘書給与の流用疑惑をめぐる問題のときも、田中眞紀子は完全に攻め込まれるという状態にまではいきませんでした。そういうことも心得ているし、あの人は、マスコミが叩くほど、大きなミスをしていないのではないでしょうか。

外務大臣になって外務官僚を切ったときも、外務省はあまりに威張ったやつばかりだから、やればいいというぐらいに思っていました。一般の人もおそらくそう思ったでしょう。

また、一時期、私生活に関することもいろいろと書かれたことがあります。たしかに、そういう人だろうとわかります。お金持ちだったから、必要以上にわがままに育って、人の扱いが荒っぽいのでしょう。週刊誌に書かれたような、ちょっと心得ていないようなことは日常の中ではたくさんあるだろうなというのはわかりますが、それがあの人の政治的な生命をどうするかということには関係ないことです。

日本の政治家の中では、かなりまっとうな立場をとってきた人であり、やろうとしたこともまっとうです。その意味では、しっかりした人と言っていいでしょう。おそらく、親父の教訓によるのではないかと僕は見ています。

だから、田中眞紀子という人はまだ過去の人だとは僕は思っていません。もしかすると、もう一度総理大臣候補で出てくるのではないかと、僕は思っています。

だから、千葉の補欠選挙のときに、小沢一郎についての評価を、田中眞紀子に発言してもらったことは、民主党が国民の好感度を上げるという意味でものすごく大きなポイントだったと僕は思っています。その判断は消息通の言うことと大きく違っているはずです。

消息通の人は一般の人が知り得ないことを知っている人として、過大評価されがちです。でも、彼らが持っているのは、個人の情報と噂が交じったような程度のものであり、実質はたいして立派なものではないと思います。

❖身のまわりの感じを大事にする

僕は一般的な情報を新聞やテレビからとっていると言いましたが、一番大事にしているのは自分の肌感覚というか、身のまわりの印象です。いくら新聞が、日本の景気は回復基調だとデータを示して言っても、それは違うと思うときがあります。大企業が十分リストラをして黒字に向かってきているのは事実でしょうが、私の住んでいる町を見たらすぐに実情がわかります。

中小企業や個人商店はひどいものです。まさに開店休業状態と言っても過言ではありません。店を閉めるわけにもいかず、かといって開けていても客は少なく、利益は上がらない。近所の薬局などはそういう状態です。

近所では、ビルを建てるために個人企業が立ち退かされているところもあります。中小企業や零細企業がひどい不景気だということは、買い物をしている人はみんなわかっているのですが、新聞はそういうことをあまり書いてくれません。

僕にとって、自分の目に見える範囲が判断の材料です。具体的に言うと、昔の山の手と下町との中間点であるいまの住居と、自分の実家のまわりの様子、その二つです。あまり人にわずらわされない自分の実感と体験と、場所柄で判断する。けっこうそれですむところがあります。

とはいえ、社会の大きな景気の動向については、実感、経験と切り離して判断します。もちろん、大企業の景気が回復したことは情報として知っていますし、銀行は不良債権を税金で補助してもらい、だいぶ回復したということも頭に入れています。

それでも、中小企業や個人企業は回復しているように見えません。景気回復は、中産の下層や中産の中層あたりまでは、どう見ても届いていないようです。

今回の不況がやってくる前までは、日本では八割から九割の人が、自分を中産階級だと認識していたと言います。

最近では、「格差社会」という言葉がずいぶんつかわれるようになり、そうした意識も変化してきたようですが、それでもまだまだヨーロッパにおける大金持ちとそうでない人の格差とは比べものになりません。

日本の社会の特徴というのは、人びとを階層で分けた場合に、長方形の箱の中に大部分の人口が入ってしまうということです。その長方形の箱が中産階級であり、その中に上中下の別があります。

そして、長方形の上にちょっとだけ大金持ちがいて、下にはホームレスといった人がちょっといるといった構造です。

これはそんなに新しい型ではありません。柳田国男《やなぎたくにお》によれば、日本の農村というのは、同じような小さい地主さんがたくさんいて、そして小作人がいることが特徴だと言います。彼は民俗学者として知られていますが、その前は農政学者でした。専門の農政学の研究のために全国を歩いて調査を進め、自分の観察にもとづいてこう述べているのです。そして、いまもそうした日本社会の特徴は失われていなくて、長方形の中に人口の大部分は入ってしまうわけです。

現在、中産階級という長方形を三つに分けたときの下二つである中級・下級は、いまだに景気回復の恩恵は受けておらず、かえって困っているという状態にさらされています。回復していけば徐々にそういうところの給料もよくなっていくことになるでしょうが、まだ実感として、その兆しはありません。

❖批評眼を磨く

僕が批評眼を磨くためにやってきたことは、ただ考えるとか、ただ本を読むというだけではなく、体の動きと組み合わせて修練するということです。

たとえば、歩きながら、いい考えが思いがけなく浮かぶことがあります。ニーチェの言葉に、「歩きながら書かれた文章でなければ読む気がしない」というのがありますが、まさにそのとおりだと思います。

歩きながら考えるのは足をつかう動きですが、手をつかうこともまた修練の一つの方法です。感銘したところや、気持ちに引っかかってきたところを抜き書きしながら読む。あるいは、面白いことを再確認するように書きながら読むといったことを含めて、修練になるような気がします。

つかうのは手足でなくても、頭だっていいではないかと思うかもしれませんが、そうではありません。頭をつかった記憶という作業は、保存期間が長すぎるか、短すぎるかのどちらかになってしまいます。そのため、頭をつかうというのは、感覚を保存したり、そのものの意味を保存するには適した作業かもしれません。しかし、批評眼を磨く修練には、頭だけではどうしても力が不足してしまうのです。

たしかに、抜き書きをするにも何をやるのも、頭をつかうことに変わりはありませんが、それに加えて、運動性を司るものと結びつけてやると効果が高まると思うのです。それが手であってもいいし、足であっても一向に差し支えなくて、とにかく運動性を伴うことで、自分の資源になっていくのだと僕は考えています。

なぜ運動性と結びつけるといいかという理由について、僕はよくボクシングにたとえて説明します。ボクシングで同じ強さのパンチを出していると、最初の一発ぐらいは効いても、あとは効かなくなって、相手は倒れません。しかし、強弱をつけたパンチを出すと、弱のときには相手は倒れないのですが、弱を交えたのちに出す強は効き目があり、相手を倒すこともできるのです。

文章においてもまた、こうしたパンチの強弱は重要なポイントになってきます。運動性とともに修練をした人としない人とでは、ここがもっとも技術的に分かれるところと言っていいでしょう。体を動かすことを伴った修練をした人は、強いところと弱いところを交互に繰り出し、しかもリズミカルに文章を書いていきます。ところが、そういう修練をしない人は、同じ意味のことを書いても、のっぺらぼうな文章を書くのです。

僕らの文章が、学識のある学者先生の文章と比べて特色があるとすれば、そこだけと言っていいかもしれません。知識は学者先生のほうがあるかもしれないし、事実を正確に言うのは、学者先生のほうが得意かもしれません。ただパンチの強弱をよく心得ているという点においては、僕らの文章のほうが特色があると言えるでしょう。これは、批評家だけでなく、小説家でも同じようなものだと思います。

小説家の場合、評論や文芸批評と違って、自己の体験を論理として述べるというだけではなく、自分をひとたび劇化する、あるいはドラマ化するという要素が必要です。その点、学者先生は何よりも正確であることを主眼としますから、ここも違うところだと思います。

読者に「ああ、これは俺にしかわからないよ」と感じさせるためには、自己が自己を劇化するという客観性を持つ必要があると思います。言い換えれば、自己を違うものに仕立てられるかどうかということです。小説家としてはそれが創作の一番の眼目になるのではないでしょうか。批評家にとっては劇化はあまり必要がないので、そこは小説家と批評家の違うところです。

❖自己評価より低い評価を歓迎する

批評を専門とする人間として、自分が自分で思っているよりも高く評価されることは一切歓迎しません。ただ、自分が自分で思っている状態よりも低く評価されることは一向に差し支えなく、そのほうがずっと気が楽です。

思想界の巨人とか何とかいう呼び名は、他人がつけたものであって、自分に対する自分の評価とはあまりかかわりないことだと思っています。これが私の感じ方であり、それ以外のことは他人事のような気がして、あまり考えに入りません。

大体、小説家でもそうですし、批評家でもそうですが、「どう言われたって一向に構わないよ」というくらい、自分の表現したものが自分から離れてしまえば、他人から見て何か言われることは、覚悟の上だと考えるのが普通ではないでしょうか。ものを書く人は誰でもそうだと思います。

逆に言えば、自分が書いた小説でも詩でも随筆でも、自分から離れない段階では、しまっておいたほうがいいでしょう。極端に言うと、人が読もうが読むまいが、これは自分にとっては大切なものだと思っているうちは、他人に見せないほうがいい。少し距離をおいて見ることができるようになってから公表したほうがいいと思います。

そもそも、公表されたものは、その人にとってはある程度自分から離れたものであって、どう言われてもいいと思っているはずです。たしかに、悪く言われれば悄気《しょげ》るでしょうし、よく言われればいい気持ちになるでしょうが、それ以上のものではありません。

しかし、重要なものは自分からなかなか離れません。人に見せるのも嫌なものだと思いますし、そこから文学は始まると思います。

自分が表現したことで自分が満たされれば、それでいいんだというときは、これは大切な宝物みたいなものですからとっておいたほうがいいでしょうし、実際、作家はそうしているのではないかと思います。こうして大切にとっておくものがなければ、文学の創作は成り立たないとも考えています。

自分から離れて「どう言われてもいい」と思えるようになったら『群像』でも『新潮』でも、何でもいいから応募すればいいのです。いまは、そのあたりの事情はずっと楽になり、誰でも気軽に応募できるようになっています。

昔は長年お師匠さんに見てもらって、お師匠さんが「よし、俺があそこの雑誌に口をきいてやる」ということにならない限り、作品を発表する経路がほとんどなかったのです。

いまは、どこの雑誌でも、それ相当の編集者があらかじめ読んで選び抜いておき、それを選者の人が読むという、二段構え、三段構えでやっています。だから、悪いのをいいと言ったり、いいのを悪いということは、ほとんどありません。いまはそういう仕組みが、どの雑誌でも整っていますから、そういう面では昔に比べて大変よくなりました。

一方で、作品を自分から離すことができないほど大切に感じたときには、本当に抱え込んでしまったほうがいいでしょう。そうした作品は、言ってみれば隠し財産のようなものであり、精神の宝物みたいに感じるはずです。そうしたものを持つことは、人をいろいろな意味で精神的に進歩させる要因になります。

❖起源を見れば本質がわかる

ものの見方で言えば、もう亡くなりましたが、東大にいた三木成夫《みきしげお》さんの本から学んだことがたくさんあります。三木さんは東京大学医学部の解剖学教室にいて、藝大の先生も長年つとめた方です。

三木さんは、細かいところを追跡する人です。起源は何かを追跡していって、人間の臓器も、その場所にその形であるのは理由のあることで、環境によって進化し、偶然そうなったわけではないと言います。

たとえば、肺臓が左右両方にあり、心臓は普通は左側に一つあって、二つはないといったこともそうだというわけです。必然的に進化していった結果、人間の特徴としてそうなっているんだということを極めて丁寧に説明しています。僕の、ものの見方や考え方は、こうした三木さんの考え方の影響を受けています。

生物学では、心臓の鼓動や肺の呼吸は自律神経で動いているとされていますが、三木さんの考え方によれば、こうした人間の体の働きは、人間の中にある植物性の名残だというのです。一方、他律的に動かさないと調節できない神経や手足の筋肉は、人間の中にある動物性の名残だと言っています。

つまり、人間とは何かと言ったとき、動物と違うのが人間なのではなくて、植物性や動物性を全部体の中に持っていて、その上に人間独自の特性を持っているのが人間なんだ、という考え方です。

たとえば、血液の流れや心臓の鼓動はひとりでに動く部分ですが、言葉は、声を出そうと思わなければ出ませんから、ここのところは人間の特色です。動物も任意には言葉をしゃべっていて、鳴き声でちゃんと仲間同士には通じているわけですが、そうではなく、人間は意識的にしゃべることが特徴です。

言葉になるのは、そういう意識的な部分があるからだというわけです。しかし、動物はしゃべらないかと言ったら、もちろんしゃべるわけですし、動物に意識がないかと言ったら、そんなことはなくて、意識はちゃんとあります。そういうことを全部含んだ上で、動物にはないものを持っているのが人間だという考え方です。

三木さんの本には、植物の年輪に近い発達をするものが人間の体にはあると書いてあります。それは、子どものときに生え替わる歯のことだというのです。一方、木の年輪をよく観察すると、一週間で区別ができる、いわば年輪の中の年輪みたいなものがあるというのです。だから、一週間、七日という単位は、相当根拠があるのではないかということも書いてあります。

僕が多大な影響を受けているマルクスの考え方も、その根本は同じです。要するに、まず起源をおさえて、そこから、経済関係はこういうふうに発達していく、社会関係はこう発達していくと、人間の状態についてそれこそ非常にわかりやすく、精密に追いかけていくのです。

マルクスは哲学的ではありますが、政治的ではありません。多少政治に関係して、第一インターナショナル（社会主義運動の国際組織）のオーストリア書記になって活動した時期もありますが、彼の哲学自体は政治的ではなくて、自然哲学です。

世界的に言えばマルクス、日本の生理学者で言えば三木成夫、文学者で言えば柳田国男、折口信夫《おりくちしのぶ》といった人は、歴史問題についても、起源をおさえています。人間の精神活動の起源は宗教ですから、どういう宗教を持っていて、それはどういう特徴があるかということを的確にとらえて書いているのです。

❖日本人の精神活動の起源は神道

日本人の起源について少し考えてみたいと思います。日本列島の人間にとって、最初の宗教は神道です。日本と日本人の起源をおさえるために、まず神道を研究するというのは一つのアプローチになると思います。

僕は東京生まれですが、父は九州の天草《あまくさ》という島で生まれました。そこは、キリスト教が三分の一、神道が三分の一、そして仏教が三分の一という分布です。南のほうで、古い由緒ある家は、たいてい神道です。

文学者で言えば埴谷雄高さんがそうでした。葬式は、お寺で仏教式でやりましたが、本当は神道です。江藤淳《えとうじゅん》さんも、父親が佐賀の古い家の出で、神道です。神道を研究している人は、戦争中に右翼だと言われましたし、いまでも右翼だと思われているかもしれませんが、神道と右翼は関係がありません。神道と右翼を関連づけるのは、何かの影響でつくり上げられた伝説にすぎません。そもそも、日本の原始的な宗教性は神道にあり、精神的な活動をされる方の多くは神道にもとづいています。

本当を言うと、僕は神道を全然信用していません。でも神社のお祭りになると、行って金魚すくいをやったり、やきそばを食べたりしていますので、神社との関係がまったくないわけでもありません。

そういうのをすべて払底しないうちは、神道、つまり日本列島の起源である宗教活動の名残をなくすことは不可能だと思っています。

神道と天皇は切っても切り離せない関係です。天皇は、最初に国家ができたときの神道の頂点に立つ人でした。いまで言えば神主さんと言ったらいいでしょうか。それが、明治以降、「神聖にして侵すべからず」ということになり、神主だった天皇が神様のように扱われるようになったのです。天皇の承認があれば、内閣の議決がなくても、軍事力を動かせる。直接統帥権は天皇にあるということになって、それが終戦まで続きました。しかし、ただ明治憲法がそういうふうにつくっただけで、天皇はもともとは神主さんなのです。これが天皇の起源です。

たいていの左翼の人は、天皇を政治的な立場から外せば、天皇制という仕組みが簡単になくなると単純に思っていますが、僕はそうは思っていません。僕らが縁日で金魚すくいをやっている限りは、神道の名残は残ると思っています。それと同じように天皇の名残も残り続けるのです。縁日に行って、神社に露店が並ぶことがなくなったときに初めて、日本の神道の名残がなくなるように原始からの何層もの積み重ねが現代の日本を形作っているのです。

いくら自民党が天皇に国家代表の権限を与えようと法律をつくっても、実質は空っぽで意味を持たなくなります。でも、まだいまだったら、そういうのを復活させようとすれば、ある程度の政治的な働きはするでしょう。

天皇は本来的には神主さんですから、里の神社の人たちや巫女さんたちを組織した一番の親玉と言ってもいいでしょう。琉球王朝の王様も同じようなことをやっていました。

そして、大昔は天皇よりも皇后のほうが上だったのです。というのは、天皇は地上の世上をうかがうにすぎないけれども、皇后は巫女さんの仕事もやります。託宣を受け取ることができ、神様により近いとされ、尊重されていたのです。ところが、あるところから、世上の政治のほうが勢いが強くなって、皇后は巫女さんから単なる天皇の奥さんということになっていったのです。

日本では、もともとは女性のほうが神と近かったとされ、卑弥呼の昔から、いまでいう霊能者のような人が政治をやっていました。もとより女性のほうが敏感ですし、とくに昔の女の人は鋭敏で、霊能力に長けていたようです。

沖縄では、いまはなくなってしまいましたが、聞得大君《きこえおおぎみ》と呼ばれる巫女さんの親玉がいて、村里の巫女さんたちを束ねた組織がありました。村里の巫女さんはいまでもいます。

天皇は、神武天皇から十二代の景行天皇までは神話の分野に属しますが、そこまでは皇后のほうが確実に上でした。その後は母系制の社会となっていき、主に藤原氏の娘が皇后となり、男の人は天皇であっても入婿でした。春日神社は藤原氏の氏神社ですが、昔は春日神社の大祭があると、天皇が入婿としてそれに参列していたそうです。

ところが、だんだんに神の威光がなくなり、託宣を受ける能力も薄れてきました。そうなっていくとともに、現在と似た人間天皇のような存在になり、政治を統括することが主な仕事になったわけです。

それでも、やはり本来は神主さんです。中世の武家政治になると、天皇はそっちのけで源氏や北条氏が台頭し、政治を司るようになっていきます。

それでも、後醍醐天皇のような優秀な天皇が出てくると、これはおかしいじゃないか、昔は俺たちがまつりごとをしていたんだ、俺たちがやるのが当たり前じゃないか、と考えて反乱を起こすわけです。

天皇の地位や存在についても、起源からたどっていけば、このように考えることができるのです。こうした、起源からたどっていく方法を、三木さんは医学、解剖学において、自分で編み出しました。文学で言えば、柳田国男や、折口信夫が、僕らを満足させる考え方にひとりでに到達しており、僕は感心します。

僕の場合は、柳田国男や折口信夫にぶつかったのはもっと後ですが、青春時代にマルクスにぶつかって「ものの起源を大事にする。こういう考え方をするのか」と、驚いたわけです。マルクスは僕の思想の根源にありますが、ロシアが言うほど政治的なものはない思想だということを、そのときから思っていました。

❖現在は成長する過程と深く関係している

これは本当か嘘か知りませんが、大学の先生が駅のエスカレーターで、下から女子高生のスカートの中を手鏡をつかってのぞいたという事件がありました。

なぜそんなことをしたのかというと、僕の考えでは、その人の現在のありようではなくて、その人の成長する過程に関係があったのではないかと思うのです。

赤ちゃんから前思春期までの過程で、母親あるいは母親代理との関係に由来するものであって、現在のその人が何であるかということと関係はあまりないと思っています。僕の人間の性格形成の理論ではそうなります。

ちょっと変な大人を見たら、この人は前思春期までの育ち方、親子関係に問題があったんだなと思うと合点がいくと思います。親に愛されていなかったり、不幸なことがあったりという事実が、間違いなくあったはずです。

自分が意識もしないうちに、ある特定の育てられ方をしたので、それを本人が止めることはなかなかできるものではありません。大人になってから、いくら社会道徳的に悪いことだと自分でわかっていても、その行為を修正することは難しいものです。

だから、僕は、大学の先生のくせにけしからんとか、冗談では言いましたが、本気では思っていませんでした。いま、彼が大学の先生であるということとは関係なくて、前思春期までの育ち方によるのだから、いまの彼を責めても根本的な解決にはなりません。

事件を起こしたのは現在のことですが、その素地は成長過程でき上がってしまっていることだと解釈すると、少なくともその人が社会的にどんな地位だったかということは、あまり関係ないように思います。もっとも、こうした考えは、一般的な判断と違うところがあって、納得されにくいかもしれません。

人間というのは、表面的に見えている性格だけでなく、こうした過去の育ち方が裏に隠されているものです。だから、人を見るときは、過去における人間関係や現在置かれている状況など、多角的な視点で見なくてはいけないと思います。一方的な視点で見ると見誤ることが多いと思います。

もっと言えば、母親と子どもの関係をもう少ししっかり考えるべきであって、そのどこに問題があるのかということがわかれば、不可解な事件や、変な性癖を持った人が現れにくくなると思うのです。

事件を起こしてしまったという子どもがいたら、母親と父親が一時期、一ヵ月でも二ヵ月でもいいから、それまでの生活を変えるということをしてはどうでしょうか。勤めていたらそれを休んで、その子どもが少年院にいるなら、そこへ毎日でも行って接触することです。いままでこうしてきたけれども、育て方としてここのところがまずかった、しかし、ここはおまえの誤解だぞ、というような話し合いができたら、その子は再生する可能性が出てくるはずです。

当然それをやるのは心理的にも大変なことでしょうが、そのくらいのことをやらなければだめだと思います。たとえ殺人を犯したとしても、両親がそのときにしっかりと受けとめれば、社会に復帰したときに再犯をする可能性が低くなるでしょう。

だけど、よくしたものでと言うか、悪くしたものでと言うか、そういう子どもの親は、大体が世間の人と一緒になってわが子を、あの子はこういう子だった、あの子は昔から性格が変わっていて、と非難することが多いような気がします。でも、それはおかしい、ちょっと納得できない、僕はそういう考え方です。僕はすべて、親のせいではないかと思うわけです。それを世間と一緒になって子どもを非難してどうするんだと思います。

おまえは簡単にそう言うが、自分の子どもがそうなったら話し合えるのか、と言われるかもしれません。そうしたら、「危なっかしいけどそうするよ」と答えることに決めています。うちの子だって、これから男女問題でも、親子関係でもどんなことがあるかわかりません。だから、そのときは最終的な責任は自分が負うさ、というふうには覚悟を決めています。「本当かよ、格好だけつけるな」と言われると困ってしまいますが、でもそう思っていることは確かなのです。

❖悪妻か良妻かは見方次第

人やものに対する判断や評価は、見ている側の心の解釈次第ですから、自分の考え方が絶対だと信じ込むのは危ないことだと思います。そもそも人やものに対してそれが百パーセントいいとか悪いとか決められるものではないと思います。

僕は漱石の奥さんが悪妻だと座談会で言ったり、文章に書いたりしていますが、それは夏目鏡子さんの『漱石の思い出』を読むといろいろ書いてあるからです。ここまでやられたら旦那としては立つ瀬がなかったろうなと思うことばかりです。逆にここまでやるのはいい度胸だとも言えるかもしれません。いずれにしても、二人の間で争いが絶えなくて、日常的に仲が悪かったんだろうなということがわかるように書いてあります。

江藤淳さんはもっと強いことを言っています。漱石は知り合いのお医者さんから神経症のための鎮静剤をもらって飲んでいたのですが、奥さんが漱石に内緒でお医者さんのところに、そういう薬を別途わけてくれないかという手紙を出したことを、江藤さんは引き合いに出しています。

お医者さんは、何か特別な意図が奥さんにあるのではなかろうかということで、青くなったというのです。こういうことから、江藤さんはこれは緩慢なる殺意だ、と批評しています。

奥さんに言わせれば、癇癪《かんしゃく》を起こすような発作を日常よく見ていてわかるから、発作が起こる少し前に薬を増量して飲ませたらいいんじゃないかと、その程度のことだったのかもしれません。

漱石のほうはと言えば、奥さんがヒステリーのような状態になると、奥さんの帯に紐をつないで自分がその端を持って、発作で飛び降りたりしないようにしていたということもあったようです。漱石に言わせれば、俺はそうやっておまえに気をつけていたんだ、という思いはあるのかもしれません。

一方で、漱石は発作的に癇癪を起こすと、いつもすぐに「おまえは実家へ帰れ」と怒鳴っていたので、そういうところが奥さんは嫌だったと言います。これは夫婦のことだからよくわかりませんが、見ようによれば両方ともおあいこじゃないかとも思えます。

僕らは漱石の作品に入れ込んでいるところがあるから、つい奥さんを悪妻にして、漱石が癇癪を起こすことに関しては、まあいいじゃないかと大目に見てしまいますが、夫婦は相互関係ですから、どちらがいいとか悪いとかは、当事者以外にはよくはわからないところがあるものです。

漱石の実際の奥さんが悪妻か良妻だったかはさておき、夏目漱石の『坊っちゃん』という小説には、漱石の理想の女性が描かれています。子どものときに家に雇われていた老女で、悪童だった坊っちゃんをかわいがってくれる女性です。坊っちゃんの兄貴は親の自慢のおとなしいいい子で、親はそっちの応援ばかりをして、坊っちゃんはいつでも怒られてばかりなのです。でも、その老女は、坊っちゃんをかばって兄貴に内緒でお菓子をくれるのです。そして「親から文句ばかり言われているけど、あなたはほんとは率直ないい子だ。家を持って独立したら私をまた雇ってください」と言うのです。

結局、坊っちゃんは、先生になって四国辺のある中学校に行ったけれども、喧嘩して教師を辞めて帰ってきます。東京に帰ってから、甥の家に身を寄せている老女を訪ねていって「いま帰ったよ、一緒に暮らそう」と言うわけです。坊っちゃんは学校を辞めた後、鉄道会社に勤めます。立派な家を構えたというわけではなかったのに老女は喜んで一緒に住むようになる、というところで小説は終わりになるわけですが、その老女が漱石の理想の女の人だと言われています。

森鷗外も理想の女性を小説に登場させています。それは鷗外の母親でした。実生活で、鷗外の奥さんが「あの人とはごはんを一緒に食べるのも嫌だ」と言い出すほどのお姑さんでした。でも、鷗外は小説の中で、主人公にこういうようなことを言わせています。

「おまえとは十余年のつきあいだけど、おふくろとは赤ん坊のときからのつきあいだから、自分の世話をやきたがったり、財布の紐をおまえに渡さなくたって、そんなのは当たり前だ」

鷗外や漱石の女性に対する見方がそれぞれのように、人それぞれでしょうが、私たちの見方だって無数にあるのだと思います。無論、漱石や鷗外は、いろいろな意味で超人間ですから、また普通の感覚とは別の部分もあるかもしれません。

❖戦争だけはすべて悪と断言する

これまで書いてきましたが、僕は噂話や消息通の話などを一切信用せず、自分の目や感覚で人やものを見るようにしてきました。よし悪しというのは、バランスのようなもので、全否定も全肯定もなかなかできないものだと考えています。ただ、僕が唯一全否定できるもの、悪と認めてはばからないものに「戦争」というものがあります。

戦争には正義の戦争と、侵略戦争があると、毛沢東みたいなことを言う人がいまでもいます。勝手なことを言う指導者は、小泉純一郎が靖国神社に一人で参拝してもあれはけしからんと文句をつけています。

戦争には正義の戦争と侵略戦争があるというのはばかなことです。戦争はみんな悪であって、善玉、悪玉なんていうのはない。善玉だと思っているやつ同士が戦争をするわけですから、双方で理屈はいくらでもつくのです。

いま問題になっている靖国参拝の問題でも、参拝なんかやめればいいという人もいるし、戦犯だけ分祀《ぶんし》すればいいじゃないかという人もいますけれども、本質的にはそういう問題ではないと思います。

日本が中国で悪いことをしたことは確実でしょうが、当時の僕だったらどうするかと考えると、残虐行為といったことは大体慎むというか、まずやらないだろうとは思いますが、畑を荒らしたり、農家を脅して食糧を徴集したりといったことは、やりそうだと思うわけです。だから、そう偉そうなことは言えないのですが、偉そうなことを言えないのは、中国もお互いさまではないかと思うのです。戦争というのは、相手もやるし、こっちもやるというところがあって、一方的ではないということはあります。

中国は当時、西欧にも国内に多くの租界をつくらせておいて、なぜ日本ばかり侵略だ、侵略だと責めるんだ、と言うと、中国は中国でまた言い返す理由を考えなければいけないわけで、お互いにキリがありません。

閣僚を全部連れて参拝したら公かもしれないが、一人で参拝するのは私的で個人の自由だ、まわりがゴタゴタ言うことではないというのが正当な理屈だと思います。それは僕が戦争を知っている世代だから、平気で言えることだと思います。

戦争を知らない世代の人たちは、いかにも日本だけが侵略戦争をやって、向こうは正義の戦争だったなんて信じている人も多いですが、戦争だから双方で殺し合いをしているわけです。前の戦争で負けた国ということで、日本人は恐縮していますが、そんなことで恐縮することはないと思います。でも、だからといって、きちんと戦争ができるように自衛隊を自衛軍にする、憲法九条を見直すということに力を入れるのはやめにしろと言いたいのです。

どうしていまの日本人は、戦争放棄といういい憲法を持っているのにもかかわらず、核拡散防止条約をちょっと変えてもらいたいと言うことすら躊躇しているのか。日本人はもともとおとなしいということはもちろんあると思いますが、内心は、日本が世界で孤立するのが怖いのだと思うのです。それが、いまの世代の人に感じる一番の弱点だと思います。それは何の弱点かというと、逆説的な言い方をすれば、戦争を体験しなかった人の弱点だと思います。

国家は建前上何らの理由も立たないことに反対してよその国を圧迫することや、脅かすことはできないということは自明のことだと僕らは思っていますが、戦争体験のない、いまの若い人たちはそういうことを理解できないのだと思います。僕らの世代は、戦中、戦後のある時期、飢えて、なけなしの衣類や家財道具とお米とを交換して細々と食いつないだという経験がありますから、何が起ころうともあまり怖くないのです。こういう主張をしても、たとえどんなことがあろうと、僕を干乾しにすることはできない、という強い確信があると言いますか、何としてでも食べていけるという自信があるからかもしれません。

まず戦争というものをなくすために何ができるか、もう少し真剣に考えてみるべきだと思います。

3 本物と贋物

❖いい人と悪い人

僕は人の好き嫌いは激しいほうだと思います。激しいほうですが、出してはいけない場合といい場合があるということは区別しているつもりです。

男女問題での好き嫌いというのは、外観から受ける印象や声といったものによるのでしょう。その判断は直感に近いものがあり、理屈では何とも説明できません。僕も若いときは、そうした直感に襲われて、人並みに浮気をしたくなったり、いっそ女房と別れようかと物騒なことまで考えたこともありましたが、実現はしませんでした。

モラルというほどのものがあったわけではありませんが、そもそも大体は片想いで終わりになっていました。もしかすると、無意識のうちに、片想いということにしておこう、という気持ちが働いたのかもしれません。

モラルがあったとすれば、僕のほうが有利な立場にあることを、男女問題でつかうのは卑怯だと感じていたことが挙げられます。そのために、片想いでやめたということも、たしかにありました。世間から見て、あの野郎、自分の地位を利用しやがってと言われるのはたまりません。人から見て、そう思われたくないというのは、人の道を外さないための抑制力として大切かもしれません。

ところで、僕は、男女問題に限らず、一般の人間関係においても、いい関係かどうかを判断する基準というものを持っています。それは、とてもシンプルなものですが、お互いが言いにくいことをきちんと言えるかどうかです。それは、率直さや素朴さと言い切ってしまうと少しニュアンスが違うような気がします。

率直な人というのではなくて、言いにくいことを言える人。そういうふうに表現すると、僕のイメージに近くなってきます。それでも、ちょっと違うかなという気もしますが、うまい言葉がなかなか見つからないので、そのあたりで収まりをつけたいと思います。

もしかすると、僕自身が言いにくいことを言える人間になりたいと思っているから、そういう基準になるのかもしれません。

日本人というのは、礼儀正しいほうですし、温厚でもあり、ほかの人たちと比較していい点もたくさん持っていると思います。でも僕は、一般的な日本人の美点や長所をわざわざ言うことにあまり意味を感じません。内心飽き飽きしたのかもしれません。だからこそ、その反対に、言いにくいことを率直に言えるかどうかに価値があるのだと言っておきます。

だから、文章を書く場合でも、できるだけ言いにくいことを書こうとするわけです。言いやすいこと、言うと褒められそうだと予想できることは、意識的にあまり言わないようにしよう、と考えています。

言いにくいことを言うことが、なぜいいかというと、その行為が自己解放になるからです。主観的ではありますが、周囲の社会や人間関係において感じるさまざまな鬱屈から解放される一番の方法は、言いにくいことを言うことです。

もちろん言いにくいことの内容が、社会的に判断して、どういう結果を招くことになるかを考えておくことは必要ですが、それでも、言いにくいことを言えたときの解放感は何ものにも代えがたいものがあります。

でも、人間の好き嫌いに関して発言するときは、かなり慎重になったほうがいいと思います。たしかに僕も、さまざまな意味で、人間に対する好き嫌いの感情を持っています。とくに主題を限定した上での好き嫌いというのは、あると明確に言えます。でも、特定の人間を指して、その人が好きか嫌いかと漠然と聞かれたら、それははっきりと答えられないと思うのです。

実際には、主題を限定した場合の好き嫌いが、その人に対する全人的な好き嫌いの評価になってしまいがちです。僕にとっての理想というのは、そうした判断の仕方が僕の中からなくなることです。

たしかに、主題を限定すれば、嫌いな人を好きになる可能性だってもちろんあります。だからといって、ある主題に限定して、その人が好きか嫌いかを判断するのはやめたほうがいいと僕は確信しています。

しかし、自分自身がうまくそれができているかどうかはまた別なことで、できていない部分があるかもしれません。

そもそも、好きな人、嫌いな人という判定自体が不可能です。つまり、人間というものを一つのイメージとして考えた場合に、ある視点から言えば嫌いだけれども、違う視点から見ると、その同じ人が好きだという面を人間は必ずと言っていいくらい持っているからです。

ですから、特定の主題によって人の全人格に関して好き嫌いを判定する、そうした判定の仕方をとらないですむ精神状態を保っていくようにしていければと思っています。

❖性格は変えられるか

民主党の小沢さんは、党の代表になるときに「自分を変えます」と言っていました。悪代官のようなイメージをそうそう簡単に変えられるものかと多くの人が関心を持ちましたし、だいぶ話題にもなりました。

そもそも人がある程度の年齢になって、ある日突然、人となりとか、生き方とか、価値観を変えようと思って、本当に変えることができるものでしょうか。少し考えてみたいと思います。

たしかに、場合によっては変えることができるかもしれません。でも、性格というのは青春期になる前までに、親と子どもという関係の中でほぼ決まるものだと思います。僕の実感では、それを動かすことは、まずできません。

昔、僕は、先生や親父から、その頃の言葉で「引っ込み思案」と言われていました。その引っ込み思案を直さなきゃだめだ、絶対に直せとつねに言われていて、人前でしゃべることをはじめ、さまざまなことをさせられた覚えがあります。でも一向に、「よし、引っ込み思案が直った」という感覚になることはありませんでした。そしていまも、引っ込み思案の気質が、自分の中のどこかにあるという感覚を持っています。

その人の性格をつくる上では、母親か、母親の代理の人からお乳をもらったりおむつを取り替えてもらっている時期が、もっとも重要だと思います。それに次いで、学童期と言われている少年少女の時期、その二つで性格はほぼ決まってくると思います。それを本質的に変えることは、ほとんど不可能でしょう。

では、それ以後、人間は性格をまったく変えられないのか、という疑問がわいてくるかもしれません。たしかに、年を重ねるごとに人はいろいろなことを経験し、感じながら成長していくものです。ですから、最初につくられた性格にもし欠陥があると感じたならば、その都度それを超えようとする努力はするでしょう。その超え方は人によって違うでしょうが、それを超えようとするときに生じる葛藤によって、昔に比べて性格が変わるということはあると思います。

少なくとも、青春期までに自分の性格的な弱点を意識したり、何らかの人間関係の問題が起きたりすると、意識して性格を変えようと努めることは可能でしょう。

でも、青春期になると、自分が親になる可能性も出てきます。そうなると、自分と親との関係がありながら、自分と自分の子との関係もあるという二重の関係が生じてきますから、問題はかなり複雑になっていきます。そうした状況において、意識的に性格を変えよう、苦手なことを克服しようとしても難しくなっていくと思います。

だから、小沢さんくらいの年齢になり、経験も積んできた人が「自分を変える」と言っても、そんなに劇的には変わらないだろうと僕は思うのです。小沢さんの性格は、テレビで顔を見た感じでは、比較的引っ込み型ではないかと思います。つまり、性格的には政治家にあまり合っていない人なのだろうなという印象を持っています。

では、小沢さんの政治的な考えが変わるかどうかと言えば、いくらなんでも、小沢さんが共産党員になるというような、飛び離れた変わり方は無理でしょう。でも、菅さんあたりの影響もあるでしょうし、民主党には元社会党の右派の人も入っています。鳩山さんもそれに近い進歩的な人と言えます。

ですから、そういう人たちとの交わりの中で、自民党から民主党程度ならば、変えようと思ったら変わることができると思います。菅さんと小沢さんの政治的見解を比べても、そうかけ離れたものではありません。菅さんは、何はともあれ社会が徐々にでもこういうふうになっていけばいい、という一つの理想みたいなものが昔からどこかにあります。そういう人と話し合いをしたり、議論をしたりするうちに、民主党と自民党の差ぐらいならば埋まるのではないかと考えています。

小沢さんは「自分を変える」ことにあまりこだわらず、もっぱら政治的な熟達者になればいいと思います。彼が田中角栄の秘蔵っ子と言われ、若くして自民党の幹事長に抜擢された頃は、少なくとも一般の人たちの運命がどうなるかということは、おまけ程度にしか考えなかったろうと見えました。

でも、田中眞紀子がそうであったのと同じように、そうした考え方が民主党的な程度にまで変わっていくということは十分に可能だと僕は思っています。

ただ、そういうことと、「政治的な技術」についてはは少し話が違います。菅直人は「政治的な技術」に関しては素人ですが、小沢一郎は田中角栄の下で薫陶を受けたのですから、政治的には比較にならないほど達者な人です。

その点は、前にも書いたように、民主党の代表選によく表れました。もし進歩的な人間であったら、自分が政党の主になった時点で、代表候補として対立した人をこれ見よがしに日陰に置いておくというやり方をするものです。社民党や共産党がいい例です。

しかし、小沢さんは田中角栄から習った政治のやり方を身につけているのでしょう。代表の座を争った相手である菅さんを代表代行にして、鳩山さんも幹事長に留任させました。思ったよりも、もう少し小沢一郎には包容力があったという印象です。それは保守的なやり方のよさと言えばよさでもありますが、悪くすればボス政治になってしまうところでもあります。

❖田中角栄の魅力

新潟県の長岡のある文芸雑誌の集まりに、何回か良寛《りようかん》の話をしてくれと頼まれて行ったことがあります。呼んでくれたのは、かつて全学連をやっていて、いまはあのあたりの高校や中学の先生となり、同人雑誌をつくっている人たちでした。

長岡で実際に話をしてわかったのは、少なくとも、長岡、あるいは新潟地区では、学生運動をやったような激しい連中でも、田中角栄のことを悪く言う人はいないということです。

そんな経験からもわかるのですが、田中角栄はアジア型の政治家として、日本最後の人だったというのが僕の評価です。

日本のアジア型政治家の最初の人は西郷隆盛《さいごうたかもり》です。それはどういうことかというと、いわゆる根拠地型です。つまり、郷土の期待を担って、中央に出てきて政治をやるというタイプの政治家のことです。

西郷が故郷に帰って在野の人間になってからも、まわりの故郷の人たちはずっと西郷を尊敬し、大切に思っていました。西南戦争で中央政府と戦うことになっても、必死で西郷を守ろうとしたのです。これは、根拠地型、アジア型政治家の特徴です。

その名残を最後まで引き継いでいたのが、田中角栄だったというわけです。その後も、何度か長岡に行って、元学生運動の闘士の連中と話をしましたが、本当に一人として田中角栄の悪口を言う者はいない。それはただ、故郷のために道路をつくったからといった単純な理由だけではないものを感じました。

郷土の利害については自分が全身全霊をかけてその大役を果たすんだ、という田中角栄という人の強い使命感が、保守的な人にも、元全学連みたいな連中にもよく伝わっているのです。だから、地元の人は彼を単なる自民党のボスであるというふうには思ってはいない。そのあたりがアジア型の政治家の特徴と言ってよいでしょう。

東京のような都会から見ると、田中角栄は自分の故郷にだけ道路を敷いたり、ダムをつくったりして、けしからんというふうにとられますが、そう単純なものではないようです。

中国の場合は、いまもそうしたタイプの政治家が多くいます。中国共産党は、日本の共産党と違い、故郷の代表として党の幹部になって中央で政治をやるそうなのです。なぜ僕がそんなことを確信するかというと、かつて学生運動をやっていたとある大学の教授からそのとおりだったと教えてもらったからです。

彼が専門に関して助言を求められて、中国の湖南省に行ったときのことです。田畑に水を引くために、川を曲げて灌漑《かんがい》用の水路をつくろうということになりました。すると、地元の人にまず湖南省出身の中央政府幹部が口をきいてくれたそうです。

つまり、その地域出身の政治家が、故郷の代表者として中央の党幹部の地位にいるということです。

中国の共産党を日本の共産党と同じように考えると、その本質を見誤ることがあります。中国の政治家は郷土の代表者として中央に来ているわけですから、故郷で何かあったら、その人に相談すれば、その人が口をきいてくれる。中国はそういう社会なのです。これはアジア型の特徴です。

中国共産党の幹部が日本にやってくると、よく田中角栄の家を訪れて、挨拶をすると新聞で見たことがあります。そういうことに関しては、実に律儀と言っていいでしょう。

田中角栄は生まれが貧しく、取り立てて立派な学校を卒業したわけではありません。働きながら中央工学校土木科を出て、政治家になったような人です。そうした生まれ育ちが、日中国交回復を果たしたという功績だけではなく、中国の人たちに好まれる理由だと思うのです。

というのも、中国では、いまもアジア型の農本主義的な領域が多いため、中国共産党の中央では、大学を出た知識人よりも、むしろそうではない体験型の人のほうが主に活躍しているからでしょう。田中角栄のような人が好きなのです。

田中角栄は新潟で、道路をよくしてくれと頼まれれば、してあげました。そこには、自民党の勢力を伸ばしたいという気持ちもあったとは思いますが、それよりも、自分が郷土の代表者だという自覚を持ち、郷土を少しでもよくしたいという意識がはっきりとあったのだと思います。だからこそ、学生運動をしていた暴れん坊みたいな人間でも、あの人はいいという評価を与えているのでしょう。

その田中角栄がロッキード社から五億円収賄したということで、中央でさんざん叩かれていたときに、野坂昭如《のさかあきゆき》さんが田中角栄の地元から対抗馬として立候補したことがあります。しかしそれは勘違いというとおかしいですが、考え違いでした。なぜなら、そんなことをしても田中角栄を蹴落として当選するなどということはあり得なかったからです。

野坂さんがいくら頑張っても、それはだめなのです。保守とか進歩とかいった思想や理念の問題ではなくて、郷土の代表者かどうか、そして郷土にいかに尽くしているかという、そういうことの積み重ねが田中角栄の政治的な基盤だったのです。

いくら野坂さんのようなインテリ文学者が対抗馬として立候補したところで、それはどうにもならないというのは、初めからわかっていました。これはアジア型ということをよく知っていないと誤解してしまう点だと思います。

アジア型の政治家は、悪くすればボス政治になる傾向がありますが、うまくすれば、大きな包容力を兼ね備えた政治になる可能性があります。

日本では、細かいことですぐに文句をつけあったり、対立したりしますが、アジア型の政治家なら、あまり小さな違いは気にしません。度量が大きく、曖昧に見えるけれども、郷土の代表者だという意識だけは失わないという特徴がありま す。日本において、田中角栄はそうしたアジア型の最後の政治家だったと思います。

❖人の器の大小

進歩派と保守派という分け方をすれば、進歩派の人間のほうが器が小さく、人望を集めることが難しいような気はします。進歩派の中で誰からも悪口を聞かないという人を探すほうが難しいでしょう。少なくとも、いまの共産党、社民党にはいないと思います。

でも、一世代前の進歩派の人たちには、人望の厚い人がいました。僕が好きだったのは、文学関係だからと言ったらそれまでですが、中野《なかの》重治《しげはる》です。彼は、共産党が分裂するまでは中央委員でした。もちろん文学者としても優秀な作品を書いてきた人で、戦後文学者の中でも何人かのうちに入るくらい優れていました。その考え方についても、時にちょっと違うぞ、と思うところもありましたが、全般的には好きな人でした。

共産党の中央委員だった神山茂夫《かみやましげお》という人も好きな一人でした。彼は、アジア型の名残を持っていた人物で、よく言えば包容力があり、悪く言えば大雑把なところがありました。あの時代によくあるように、時には保守か進歩かで他人を排斥したり、規律についてうるさく言うこともあったのですが、ほかの人に比べれば、その度合いが少なかった人だったのです。

僕は、筑摩書房の『現代日本思想大系』の「ナショナリズム」という項の編集と解説を頼まれたときに、石原慎太郎も、神山茂夫も入れようと思いました。神山茂夫には「天皇制に関する理論的諸問題」といういい論文があったので、ぜひそれを入れたいと思ったのです。

石原さんからはすぐにＯＫの返事があったのですが、神山さんには電話で「俺は石原君と同じ項に出るのは嫌だ」と断られそうになってしまいました。僕は困りながらも「いや、いくらどう言われても俺の責任にしてくれればいいから掲載したい。『天皇制に関する理論的諸問題』はいい論文だからぜひ」と言ってどうにか説得して、最後は何とか承知してもらったという記憶があります。

日本にはアジア型の包容力のある人物というのは、なかなか出てこないという印象があります。とくに、思想の党派性と政治の党派性がピタリと一致していないと気分が悪いというのは、日本人の特徴ではないでしょうか。それは悪く言えば島国根性と言っていいかもしれません。

つまり、東洋人に属するけれども、大陸の荒波にもまれたことがないから日本人というのは何となくこぢんまりしているのです。大陸の人から見ると、日本というのは、ばかに頭もいいし、科学・技術もヨーロッパ並みに発達して、アジアでは先進国のはずなのに、どこか包容力がない、と思われているところがあるような気がします。

日本人が荒っぽいことを好まないというのは美点ではありますが、それは欠点と表裏一体でもあります。中国人を見ればわかりますが、右だろうが左だろうが、彼らはふだんから荒っぽいところがあります。

ところが、日本人はふだんはおとなしいのに、変なことになってくると、もともと包容力がないものだから、カッとして人をいじめたり荒々しく振る舞ってしまう。

言ってみれば、やり方が下手なのだと思います。そういうところが日本人にはあるのではないでしょうか。

いま中国では、上海でも、香港でも、西欧の先進国の企業に交じって、日本の企業も同じように進出して製品をつくっているわけですが、中国人は日本だけをことさら敵対視して「愛国無罪」などと言って、反日デモをやります。

たしかに、歴史的なことを考えると事情が変わってきますが、現在の状況だけを見れば、それはおかしな話です。つまり、西欧の企業だって同じようにやっているのに、どうして日本だけを目の敵にするのでしょうか。

僕が思うのは、もしかすると日本人には包容力がないのではないか、ということです。つまり、日本企業の幹部たちは、中国人をつかうのが下手なために、向こうからあまりいい印象を持たれていないのではないかという危惧を感じるのです。

こぢんまりとまとまっているのが好みで、なにごともすっきりしていないと気に食わないという日本人の持っている清潔観が、中国人をつかうときでも出てきてしまうのだろうという気がします。つまり、日本人の美点でもあるはずの潔癖さが、中国人をつかうときには、かえってあだとなってしまうのではないか、というわけです。これはあくまで僕の考え方です。

西欧諸国は、世界中どこででも植民地経営慣れしていると言ったら語弊があるかもしれませんが、人づかいが基本的には日本人よりうまいと思います。だから、西洋人にはあまり文句は出ないのに、日本人に対しては、「似たような顔のくせに何だか威張っているじゃないか」という反感が強くなるのではないでしょうか。

反日デモをするなら、反欧州デモもやってくれないと不公平だ、と言いたくなるところですが、その原因の一部は日本人自身にあるのかもしれません。日本人は人づかいが荒いといったレベルの問題ではなくて、もともと人と人との関係がうまくつくり切れていないところがあると思うのです。具体的に言えば、役目や役職では上下があるのは当然としても、その上下はあくまでも仕事上のものであって、人間としては対等であるという意識が身についていないのではないでしょうか。

人間感と社会的な役職感というのは別問題で、この二つが両方とも大切なんだということを日本の企業の人たちがもう少し心得ていたら、もう少し中国人とうまくやっていけるのではないかと思います。

僕も会社勤めをしたことがありますから、そのあたりのことは何となくわかります。日本の会社では、人間と社会的な役職がみんな一緒くたになってしまって、役職自体が人間的上下と同じになってしまうことが多いのです。

職を離れたら、人間としては平等、という発想が日本人にはあまりない。たとえ仕事を離れても、どこまでいっても役職は役職だというふうに思ってしまう。そして、まわりもそう扱う。そういうことが中国の人から反感を買う原因の一つではないかなと、僕は解釈しています。

❖敵対心は劣等感の裏返し

仕事の上下関係については、僕はしこたまやられたから、いまでもよく覚えています。印刷インキの製造工場に勤め始めた頃のことですが、仕事の現場に行くと、役職で僕の下にあたる人が、こちらを黙ってやけに厳しい目つきで見つめるのです。

初めのうちは、何だろうこの雰囲気はと思っていましたが、だんだんと自分が反感を持たれていることが、はっきりとわかるようになりました。

一体全体、俺がどういう人間かも知らないうちに何に反感を持つんだ、と戸惑いましたが、けっこうな時間がたってようやく自分を納得させることができました。「あいつは大学を出てきた」という意識が、彼らの敵対心の原因だったのです。

ただ、僕は戦中派ですから、大学の研究室で静かに勉強ばかりやっていたわけではありません。現場仕事をやったこともありますので、酸素ボンベや塩素ボンベのような重いものを立てたまま転がして移動するといったことも、比較的うまくできました。

工場での仕事でも、ボンベを扱う作業があったので、たまにはみんなを驚かしてやろうと思って、コックを開けてわざとシューと音を出してやったこともあります。塩素は有毒ガスですから、みんなおっかなそうな顔をしていました。そうしたことが重なるうちに、こいつ、大学を出て、ただポッと入ってきたやつじゃねえなと思われるようになったのか、しだいに対等に扱ってくれるようになりました。

大手の企業のように、ほとんどがインテリだとわかっている会社では、そういう目に見えない対立のようなものはないかもしれません。しかし、一般の製造工場の現場では、おそらくいまでも、そうした反感や心の中での対立みたいなものがあると思います。とくに技術関係や工業関係の現場には残っているはずです。

僕の場合、上の人からはやたらと威張りくさって命令されるし、下の人からは訳もわからず反感を買うしで、上からも下からもいじめられて、こんなばからしいことはないと思ったほどです。それでも、ときどきは上の人に文句を言ってみたり、下の人に威張ったりしながら、だんだんとそうした環境に慣れていくというのが、日本の典型的な企業の姿ではないでしょうか。

つまり、日本の場合、仕事上の役職と人間としての関係の分離ができなくて、仕事を離れればみんな人としては同じ、というふうにはなりにくいのです。もしその分離がうまくできれば、日本人はもっと人間関係がスムーズになるはずです。中国でも現地の工員さんからもあまり文句は出ないで、せいぜい多少の反感を持たれるくらいですんだかもしれません。

日本人は潔癖性で、何でもかんでも、きっちりやりたいという気持ちが強いので、上の役職の人は相当威張っているというふうに見えてしまうし、逆に役職が下の立場の人は不必要な劣等感を抱いてしまうのではないでしょうか。なかには本当に性格的に威張っている人もいるかもしれませんが、ほとんどの場合は仕事の役職と日常との分離が下手なだけだと思います。僕はそういうふうに解釈しています。

❖人を見るときは生きるモチーフを見る

役職によって人間の上下は決まらないのと同じように、日常生活では、どういうふうな性格の人で、どこが欠陥で、あるいは家庭の中で何か問題があるかどうか、などといったことと、その人自身がプロとして優れているかどうかということとは、区別して考えるべきだと思っています。同じ人間ですから、あるところで同じ意味合いを持つわけですが、それは別問題だということはちゃんと区別していたほうがいいと思います。そうしないと、いろいろな場面で錯覚することがあると思います。それはたとえば、漱石でも鷗外でもいいですが、あの人は大芸術家だから、人格、気質その他も、欠陥も何もない完全な人物だというふうに考えると間違えることがあると思います。

そこの区別は、男の人は割合にできていると感じますが、女の人は難しいようで、よく混同しているように見えるときがあります。

最近の風潮として、有名人とか政治家といった人に私生活で何か問題があった場合にすぐ辞任させたり、問題が社会的に非常に大きなものになります。立派なことを言うにはふだんから立派な言動をすることが求められていると言えるでしょう。人間の心理としては、それを要求するのは当然のことだと思います。偉そうなことを言っていて、自分にはそういうところがどこにもない。それはおかしいよ、ということになるでしょう。総理大臣でも、大学の先生でもいいですが、一般の理解では、そういう人は偉い人だと思いやすいわけです。

しかし、その人は個人として性格もまっとうで、やることも正しくて、よくできた人物で、と思ってしまうとそれは間違うでしょう。それは別だ、と思ったほうがいい。逆に言うと、総理大臣だから偉いとか、大学教授だから偉いとか、あるいは名だたる芸術家だから偉いとか、そういうふうに思わないほうがいい。人を見る上でもっと大事なことを挙げるとすれば、それはその人が何を志しているか、何を目指しているかといった、その人の生きることのモチーフがどこにあるかということのほうだと言える気がします。

この人はこういうモチーフを持っているので、こういうふうにここまでやったからいいのではないかというふうに、そのモチーフの中で偉いとか、よくやったと評価して、全般的に、あるいは人間的に偉いというふうに思わないほうがいい。

その人の目的とするところ、あるいは専門、職業としてやっていることに即して、これだけいろいろなことを考えて、これだけのことをやっているから、そういう点ではこの人は偉い人だよなというふうに考える。

それは人間として偉いということや、社会的に偉いといったこととは全然違うことだと思います。もしかするとその一部であるかもしれないけれども、全部ではない、そういうふうに評価を分けたほうがいいような気がします。うまくできているかわかりませんが、少なくとも僕はそう思って人を見ることにしています。

❖一芸に秀でた人に人格者は少ない

懐の深さや包容力という点では、文学関係の人はあまりいい評価はされないようです。とくに小説家や詩人のような作家は、神経質なイメージがあり、自分と他人との違いをどれだけ許容できるかという範囲が狭い感じがします。

これは伝説ですから、本当のことかどうかはわかりませんが、川端康成《かわばたやすなり》という人は、新人の女性編集者が訪ねていっても、何も言わないでただ黙っているだけだったそうです。川端がずっと黙っているので、その編集者はとりつく島もなくて、とうとう泣き出してしまったという話です。

川端康成はもともとしゃべるのが好きなほうではないとは思いますが、編集者の立場とすれば、何も答えてもらえなければ、怒らせたのだろうか、機嫌が悪いのだろうか、とあれこれ考えて困り果ててしまうでしょう。

たしかに、鋭敏な感覚と言えば聞こえはいいのですが、川端をはじめとする作家たちには、むしろ、神経質、自分勝手、許容範囲が狭いという言葉のほうが適しているように思います。とはいえ、それは職業上、つねに締切りにイライラしたり、神経をすりへらして作品をつくり上げるわけですから、職業病みたいなものかもしれません。

ただ、一人の人間としてつきあえば、そうした職業病のようなものはあったでしょうが、少なくとも一人の読者として川端康成を見た場合、誰が見ても大家という風格がありました。作家がこうした大家の風格を持っていたのは、川端康成、谷崎潤一郎《たにざきじゅんいちろう》が最後の世代と言っていいでしょう。僕らの世代の作家は、どんなに頑張っても、彼らのような大家にはなれません。

では、なぜいまの世代の作家は大家になれないのでしょうか。

それは、生活人としての人間的な成熟と、文学的な感覚の成熟のペースとが一致しなくなってきたからです。

川端や谷崎の時代には、文学的な成熟とともに、生活人としての成熟を待ってくれる世相というものがありました。ですから、そのときそのときのレベルにおいて、文学的な感覚と人間性が一致した作品を生み出すことが可能でした。そうした段階を経て、最終的に人間的にも文学的にも成熟した作品を書くことができて、大家の風格を身につけることができたわけです。

しかし、僕たち以降の世代は、そういう社会的環境にはありません。いまの時代、頭が切れて感覚が優れている作家に対して、世の中は人間的な成熟を待ってくれません。このバランスがとれないために、いまの作家は、文学的に成熟していても、人間的に成熟することができないでいるのです。

昔の作家は、文学性と人間性とのバランスが大体とれていました。もちろん、川端にしても、谷崎にしても、日常生活を二十四時間見ていたら、性格的な欠点の多い人である可能性は十分にあります。でも、一人の読者として見ている限り、調和のとれた大家であることは疑いがありません。

川端康成は、調和のとれた作品をよく書いています。谷崎潤一郎にしても、エロチックですが、情緒があって、ふっくらとしたものを書いています。しかし、それ以降の戦後の文学者には、そういう人はまずいません。

たとえば、同時代の作家の中で、僕が一番いいと考えているのは最近亡くなりましたが、小島信夫《こじまのぶお》です。彼は社会人、生活人としてちっとも成熟していませんでした。人の嫌がることをわざと言うような人でした。でも、日本文学の中では最高の作家だなと思っています。

現在、わずかながら、意識的に大家に近づこうとしている作家がいるとすれば、それは村上春樹だと思います。彼は自分でどう思っているかわかりませんが、傍から見る限り、まだ誰も大家とは思っていません。まだそういう年でもありませんが、あの人の小説作品を読むと、意識的に調和性を保とうと心がけているように感じられます。だから、日本にノーベル文学賞がまわってくることがあったら、おそらく次はあの人がもらうことになるのではないでしょうか。

それ以外の人たちは、作品の質、調和性、円熟度において、すべての面で文句なしという人はちょっと見あたりません。もちろん、村上春樹だってちっとも完璧ではありませんが、あの人の小説からは、そうした面を意識していることが読み取れます。

村上龍《むらかみりゅう》はどうかというと、彼は天才的なところがあり、そのために調和性を破って、ときどきとんでもないことを書いて驚かせることがあります。ノーベル賞というのは、そういう作品はあまり好きではありません。

そうなると、次回、日本に文学賞の番がまわってきたときには、やはり村上春樹が一番可能性が高そうだということになるわけです。

❖日常のスピードと円熟のスピードがちぐはぐになっている

もう一つ大家が少なくなっている原因には作家を取り巻く環境の変化が挙げら

れると思います。マスコミはあちこちでカメラを持って待ちかまえていますから、神秘性を保とうと思っても保つのが非常に難しい。伝説になること自体が少なくなっています。

たとえば、芥川賞をとった人は誰でも知っているし、どこで何をしているか、どういうふうに育ったか、みんなわかってしまう。なかには追っかけみたいな人がいて、それをインターネットで噂話にしたりしています。

大家というのは、みんながそれぞれいろいろな思いを抱いている人、というイメージで言うならば、プロ野球で言えば王、長嶋のようなスター選手、政治家で言えば田中角栄のような人にあたるでしょう。でも、そうしたカリスマ性のある作家はもう現れないかもしれません。一つの理由として、文明の進展とともに、さまざまな機械や道具が発達して、読者と筆者の間を近づけたということがあります。また、筆者のほうも円熟の域までコツコツと積み重ねていくということがだんだんとなくなって、ある期間、瞬発的に筆力を発揮するという傾向が強くなっていることもあると思います。

しかし、文明の利器によって読者と筆者の距離がうんと近くなると同時に、見方によっては、うんと遠くなったのも事実です。つまり、文学や作家に関心がなければ、その人の作品を読む機会がまったくなくなってしまったのです。

狭くなっている部分と、広くなっている部分ができてしまい、しかもその落差が大きいために、どっしりと構えて素材を考えたり、取材のための旅行をしたりといったことを絶えず行うという人は、もうあまりいなくなりました。人間自体に持続性が乏しくなってしまったために、コツコツと生涯かかって積み重ねるという作業が、できにくくなってしまったということもあると思います。

そういったことも、やはり日常生活のスピードと、才能や感覚といったものの進展の仕方がちぐはぐになっていることと関係があるでしょう。そこが川端康成や谷崎潤一郎のような、世間の読者の距離感から見て、どこから見てもどっしりした「大家」というタイプが生まれにくくなってしまった原因だろうと思います。

読者の側からも不可能ですし、作家自身もコツコツやって生涯少しずつ進歩していくという時間のかけ方をしながら、人生を送る人がいなくなってしまいました。もし、今後そういう人が出てくれば、また大家も復活してくるかもしれません。しかし、いまの状態は極端に言うと、中間小説の作家みたいな一発勝負であって、「これがあたればいい」という気持ちが強くなっているように見えます。

文芸雑誌の現状もそれに拍車をかけています。言論というのは、本来、右と左がはっきり分かれて対立するべきですが、講談社の『群像』、文藝春秋の『文學界』、新潮社の『新潮』は、どれを右と言ってどれを左と言っても、読者から見たらこぢんまりとした滑稽さしか感じられないところがあります。少なくとも、どっしりとした風格は感じられません。そういう文学を取り巻く環境から考えても、やはり現代は大家が生まれにくい時代なのだなと思うのです。

❖虚業と実業

ホリエモンは虚業家だと言われましたが、虚業と実業というのは一体何でしょうか。ホリエモンが逮捕されてからはとくに、虚業は悪くて、実業のほうが価値があるんだといった価値観で報道されてきたように見えます。でも僕は、そういう単純な分け方をすることは危ないと思っています。

多くの人にとって、職業のよし悪しを判断する基準というのは、利益につながる作業がどれだけ具体的に見えて、それが自己利益にせよ社会的利益にせよ、どれだけ有効であるかにかかっているのではないでしょうか。

そうなると、文学というのは虚業中の虚業ということになります。なかには、一般受けのする作品がうまく書けて、ファンも多く、本がたくさん売れて利潤が多く得られたという人もいるかもしれませんが、概して言えば、文学で大儲けしたという話はまずそんなに聞いたことがありません。有名作家クラスでも大したことはないと思います。

だから、もし、利潤という目に見える有効性を基準にして考えるならば、文学はもっともそこから遠い位置にあります。利潤とその有効性について言えば、同じ文学でも、小説よりも詩のほうが、なお芳しいところがない。

俳句や短歌になると伝統がありますし、自分でもつくっているという人はかなり多くいます。それはまた別の有効性や、別の役立ち方があると思います。それに比べて小説は読むのは面倒くさく、また面倒な小説ほど読む人は少ない。そして詩はもっと少ない。ただ、それでも小説や詩を書きたいという人はいるのです。

では、なぜ小説や詩を書こうとするのか。実際に小説や詩をやっている人に、「なぜおまえは小説家になったんだ」「なぜおまえは詩人になったのか」と聞いてみると、おそらく、詩を書いたり小説を書いたりすることが、最初は自分にとっての慰めだったからだと答えると思います。

最初のうちは、小説や詩で自分の気持ちを表現することによって、何となく解放感があったり、日常から離れて気分もよくなるということがあったと思います。そのうちに、読む人がだんだん多くなって、たとえば、雑誌の『群像』や『文學界』あたりが、「あいつに小説を書かせてやれ」というふうになり、より多くの読者の目に触れるようになる。そうして、収入が少しは増えたかもしれない、というふうに広がっていくのが作家の一般的なパターンだという気がします。

だとすれば、文学の目に見える有効性は何だ、と言われたら、どう答えればよいでしょうか。結局、初めは自分を慰めるだけのために密かに書いたものが、何となくいつの間にか人の目に触れるようになって、固定の読者も増えていく。そうして、その固定の読者にとってもまた、作品がその人を慰めるために役立つというのが、文学の本質的な有効性ではないでしょうか。

つまり、自分自身を慰めるところから始まったものが、偶然読者の目に触れて、読者自身の慰めになってくれたり、その人の精神状態に何らかのプラスを与えることだと思うのです。そんなことが、唯一の役立ちではないでしょうか。

本をただせば、文学なんてそれだけのものですが、せめてそれが有効性を持つと考えるより仕方がない。そんなつまらない有効性だとしても、それでも作家になりたい、詩を書きたいという人がいて、たとえ鳴かず飛ばずであってもどうしても書くことをやめられないのです。

もし、金儲けをしたいのであれば、ストレートにお金に変換するような仕事をしたほうがいいと思います。僕はそのへんは疎いのですが、ライブドアのような事業をしたほうがダイレクトでいいでしょう。あれだって、法律に違反しない限りでやっている分には、文句を言われる筋合いはなかったはずです。実際に、目に見えて確かな利益を上げていたわけですから、職業として一番はっきりしていて、ある意味潔いのではないでしょうか。

しかし、人間はたとえ金銭的に恵まれて、何不自由のない生活ができるようになっても、それだけでは精神的にすまないものです。人間のどこかに、そうした気質が残っている限り、文学も滅びないだろうとは予想できます。金は儲からないけれども書くことをやめないという人たちは、いつまでたっても存在するでしょう。それは人間が持っている複雑さの表れであって、そこが動物とはちょっと違うところなのです。

❖善意の押し売り

僕は、虚業か実業かという視点で職業を見て、そのよし悪しを判断するのは危ないと言いました。きれいごとを言ってしまえば職業に貴賤はありません。むしろ問題なのは、どんな職業にも利と毒の両面があり、その利・毒と人間とがどうからみあうかのほうだと思うのです。

たとえば、ある職業によって、すばらしい経験をして幸福な人生を送る人もいれば、同じ職業に就いても、過酷な思いをして失意にうちひしがれる人生を送る人がいます。職業の差が、そのまま人生の差にはならないのです。

僕は、それぞれの職業の持つ利と毒をきちんと自覚したほうがいいと思っています。漫然と人のためになる仕事に就いているから、自分はよい人間なんだという誤解はしないほうがいいでしょう。そういう仕事でも、必ず何らかの毒がまわっているはずです。

たとえば僕が入院して一番困ったのは、夜中にトイレに行くのにカタリと音を立てたら、すぐに宿直の看護の人やお医者さんが、「大丈夫ですか?」と聞きにくることでした。やめてくれと思いました。もっと自由にさせてくれと言いたいのですが、向こうはあまりに親切というか、善意でやっているから、何とも言えなくなってしまう。これには参りました。職業的にも人間的にもあまりにもよく気を配っている。看護される側は、感謝一本槍だろうということを疑っていないからです。

ところが逆に患者の側からするとものすごく自由度を奪われているという感じ

になっている。善意も時と場合によっては、迷惑になることも職業としてならなおさら自覚すべきだと思います。

同じ毒と言ってもお坊さんの場合はまた少し違います。お坊さんというのは誰でも、理由はよくわかりませんが、お坊さんの仕事をやっていくうちに、いつの間にかだんだんとお坊さんくさくなってきます。それは、単にお坊さんの格好をしているからではありません。どうも、自分の職業としてお坊さんというものに熱心であればあるほど、お坊さんらしくなるようです。

そもそも、「お坊さんらしい」とは一体何なんだということになると、たとえば、宗派によって守るべきものを守り、それらしく振る舞うということが挙げられるでしょう。でも、それを除けば、何があるかというと、死んだ人に頻繁に接しているということではないでしょうか。死体に慣れているということは、お坊さんの風貌に甚大な影響を与えていると僕は思っています。いいにつけ、悪いにつけ、そのことがお坊さんらしさにもっとも強く影響を与えているのではないでしょうか。

瀬戸内寂聴《せとうちじやくちよう》さんが、死ぬのなんか怖くない、とテレビや講演でさかんに言っていますが、そう言われても僕はあまり信じません。ただ、瀬戸内さんはお坊さんだから、死に慣れているだけのことではないのか。死ぬのが怖いか、怖くないかは、ご老人になって死にそうになったときにならなければ本当はわからないものだというふうに思います。

僕の実感で言えば、死ぬのが怖いかどうか、そういう感覚は全然わかりません。その前に、老人ということですら、自分がそうなってから初めて本気で考えるようになった、と言っていいくらい、全然考えていませんでした。

自分が老人になったらどうなるのかなんて、若いときに考えてもしょうがないことです。考えたってわかるわけもないし、そんなことは無駄なことだと思うから考えませんでした。死について多少なりとも考え始めたのは、僕が年齢的に老人という領域に入って、病気というものに親しくなってからのことです。

お坊さんの中では親鸞だけが、死ぬことは不定だと言い切って、死ぬときのことをあまり考えないほうがいい、どういうふうに死ぬかはわからないのだから考えても無駄であるという意味のことを言っています。僕は、これはいい考えだと思っています。

兄弟が亡くなったり、親戚の人が亡くなるというのは、ちょくちょく経験しているわけですが、そのときに最後まで切実に病人を見ているのは、そばで看護した人だと思います。たとえば、これ以上の手当てはないと医者から言われたとしても、そばで熱心に看護してきた人が承知しなければ延命装置を外すわけにいきません。その人が、「もう結構です」と言うのでなければ延命装置は外さないというのが、ごく普通の心情だと思います。僕の親戚でもそういうことがありました。

だから、死の問題は、医者に属するわけでもありません。たとえお医者さんがいくら頑張ったとしても、看病してきた人たちの気持ちが、意識が戻らなくても生きているだけでもいいのだからというものであったら、勝手に安楽死をさせると殺人罪になってしまいます。

そう考えていくと、本当のところは、死ぬ人自身にも自分の死はわからないということになります。そばにいる人が延命装置を外してもいいと納得できるほど、とことん看護、介護できたということでなければ死というのは決まらない。死ぬ人本人だってどういうふうに死ぬかわからないのだから、死について考えても無駄なのです。

いくらお坊さんが「死は怖くない」と頑張って言ってみたところで、それはただ死体に慣れているだけではないかと言えばそれまでです。

だから、死は怖くないなんて、格好のいいことをあんまり大きな声で言わないほうがいいのではないか、と僕は思います。

❖人間らしい嘘は許す

もう少し職業の毒について考えてみることにします。よく出版社に入りたいという人に話を聞くと、将来作家になりたいからと答える人がいます。でも、もし将来、もの書きになりたいと考えているとしたら、編集者という職業は近いようで一番遠いところにある職業と考えたほうがいいでしょう。

将来、一丁前のもの書きになりたいと思ったら、しょっちゅう文章を書くことも必要ですが、編集者という仕事は臨時にやっているものだというふうに考えたほうがいいと思います。なぜなら、やはり編集者には編集者の毒というのがあるからです。

第一、長年編集者をやっていて小説家になったという人は、ほとんどいません。僕の知っている人で、一人としてそんな人はいません。

なぜかと言えば、それが編集者という仕事の持つ毒なのです。「目高・手低」

ということです。つまり、目は高い。この作品はどの程度でどうだとか、そういう目利きにはなっている。でも、じゃあ、おまえ書いてみろ、と言うと、手のほうは格段にそのレベルからは離れてしまうのです。自分の目と自分の手との距離ができてしまって、その自意識が自分を制止させるためでしょう。

もう数年前に亡くなった、僕が長年つきあってきた安原顯《やすはらけん》という編集者がいます。安原君が、あるとき早稲田文学か何かで小説を書いたと言って、「見てください、小説を書いてみました」と持ってきたことがありました。

見ると時代小説らしきものが書いてありました。

しかし、読んでみると面白くもなんともない。当時、彼は図書新聞の類に作家の悪口をパッパカパッパカ書いた文芸時評を載せていて、そちらは短いが、わりと面白かったものでした。

だから、僕はそのとき、わざわざ時代小説なんかを書かずに、しょっちゅう書いている文芸批評に尾びれ、背びれをつけて小説仕立てにしたらどうかと忠告しました。いつも書いている作家の悪口に、ちょっと飾りをつければ、独自の読者を獲得すると思ったからです。

わざわざ時代小説を書いて、本人は工夫したつもりでいるのでしょうが、ちっともうまくない。うまく書けたと思うのは本人の錯覚であり、編集者という仕事をして目が高くなっているから、自分の技量との落差に気づかないのです。傍から見ていると、よくわかりました。でも、強情なやつだったので僕の意見なんて聞くわけがありませんでした。

少し前の話題になりますが、村上春樹が『文藝春秋』で、自筆の原稿を安原君に無断で古書店に流されたと書いて、ちょっとした話題になりました。もちろん、編集者が用済みとはいえ原稿を許可もなく第三者に渡すというのは、いいことではありませんが、村上春樹ほどの人がわざわざ雑誌上で告発すること自体もおかしなことです。

安原君はがんで亡くなったそうですが、奥さんの実家に世話になって看病してもらっていたそうです。そういうことが、もしかすると多少なりともつらかったのかもしれません。それにもうその原稿は雑誌で活字になっているものですから、村上春樹にとっては必ずしも絶対に必要とは言えません。

ところで、その村上春樹の記事の中で、高名な批評家×××と匿名にして、その批評家が安原君の書いた小説を褒めたと書いていました。どうやら、その批評家というのはちっとも高名でない僕のことらしいのです。僕は高名ではありませんし、大体、僕の書いた批評なんか村上春樹は読んだことがあるのかと思いました。

しかも、僕が安原君の小説を褒めたというのも誤りです。

でも、もしかすると安原君は、本当に村上春樹に、高名な批評家×××に小説を褒められたと話したのかもしれないなと思います。実際はニュアンスが少し違うわけですが、そのくらいの誇張や嘘は人間らしくて、別に構わないのではないかと思います。

たしかに僕は、文芸時評のほうにもう少しあやをつけたらけっこう小説になるよ、というふうには言ったわけですから。

❖困ったらインチキでもやるしかない

出版社というのはある意味では文化事業ですから、文化的なレベルを保つことを絶えず考えなければいけません。一方、企業だから同時に利潤を上げて大きくすることも考えなければいけません。この二つの矛盾をうまく調節する以外にないわけで、それが現在のような不況下では、一番の問題になっているのだろうと僕は思います。

大きな出版社でも、昔に比べると、やっぱりいろいろな点できつくなっていると思います。しかし、それ以下のところはもっとひどいもので、二～三人の親類縁者でやっているような出版社は、極端なことを言うと、インチキする以外に立つ瀬がないという状況にまで立ち至っています。

僕はそういう零細企業のような会社ともつきあいが多いのでわかりますが、これはどこかで考え直してくれないとまずいなと思うことがあります。たとえば、お金が儲かっている会社が少し援助するといったことがない限り、モラルは荒廃していくばかりです。

志高く文化的な理想に燃えて出版活動を始めたとしても、環境が厳しくなっていくとインチキをするより仕方がなくなる。比較的しっかりしている出版社が倒産して、運営の代理で入ってきた企業の人が、こんなインチキなことをしていたと非難するということがありました。でも、困ったら人はインチキでもやるしかないのですから、あまり杓子定規に非難するなよと言いたくなります。

村上春樹の生原稿が古書店に流されたという話をしましたが、やむをえないと言ったら怒られるかもしれませんが、いまの中小企業や中産階級の中・下級の人ならば、現実には仕方がない場合もあるのではないかと思います。

僕は昔、お金に困ったときに、人からもらった署名入りの本をよく売っていました。それが本をもらった相手にバレて、指摘されて平謝りに詫びたことがあります。

それは別に作為があってやったことではないのです。人から本をもらうときはたいてい表紙の見返しのところに本人が署名を入れてくれます。その場合、署名があると高く売れる人もいますが、僕の友だちで署名があるからといって本の価格が高くなった人はあまりいませんでしたので、署名入りの本を売ろうというときは、見返しをカミソリで切って署名をとってから売ったものです。古本屋さんは本職ですから、切ったな、と見抜かれるのですが、勘弁して、お金を少しくれるわけです。

ところが、急いでいるときは、うっかり署名が書かれた見返しを切らずに売ってしまうこともあります。それを、運悪くご当人に見つかってしまったというわけです。本人には苦しまぎれの事情を説明して、急いでいたのですみませんと謝って、笑い話になってしまいました。

生原稿を売ってお金を手にするということは、たしかにいいとは言えないでしょう。されど僕には一方的に非難すべきかわかりません。そうした行為をした人に対しては、そうせざるを得なかった事情も考えるべきだと思うのです。少なくとも、雑誌上であそこまで責めないほうがよかったのではないでしょうか。

僕の場合、署名入りの本を売ってしまって、贈ってくれた人との友情まで裏切ってしまったという心苦しさがつきまとい、よくないことをしたと思いました。もちろん、そうしないのが一番いいとよくわかっているのですが、困ったときは、もうどうしようもない。メシを食べるためだと思うと、背に腹は代えられません。

もちろん世の中の常識から言うと、生原稿を売ることは、やってはいけないことですが、時と場合と状況によっては大目に見てあげる。そういうことがないと世の中がギスギスしてしまいます。人として悪いことはやるべきではないけれども、いけないとわかっていながらやっているのを見たときに、自分も同じようなことをしてしまうと想像ができるから、頭ごなしに怒ることはなかなかできません。

4　生き方は顔に出る

❖見た目を気にするのは動物性の名残

　僕自身、見た目はやはり気にしています。あまり愛想がよくないということも気にしています。そして、それは人間の持っている一種の動物性の名残ではないかと思っています。

　いつだったか、詩人の田村隆一《たむらりゅういち》に、こんな質問をしたことがあります。

「女の人で、見た目の美人というのは、心身ともに充実していて、経済的にも精神的にも恵まれた生活環境にある人が多いのではないですか。どう思いますか」

　そうしたら、一言のもとに否定されてしまいました。

「おまえ、ばかな。もしそうならば、日本で一番の富豪とか、権力があるとか、社会的地位が高いとか、そういうところの奥さんが一番美人だということになるじゃないか。まあ、そういう人もいるかもしれないけれども、そういうことは全然関係ないよ。おまえの言い方は単純すぎる」と言われたことがありました。

そう言われて、僕はこう考え直してみました。つまり、女の人の美醜や挙措態度といったもの、男の場合では性格や気風といった常識的に男の美点とされているもの、そうした見た目を気にするのは、動物性の名残ではないのだろうかと。これは極端な考え方なのかもしれませんが、もし人間とほかの動物の違いが著しくなって、見当がつかないくらい距離感が生じてしまった時代になったら、人間にとって外面的な要素は意味がなくなって、ひとりでに消滅していくのではないでしょうか。

まだ、いまはそうなっていませんから、外面だけを磨こうとする人たちも多く、そういう考え方が主導的に通用しているところもあるわけです。そうかというと、まるで反対で、そういうことは一切関係なしに生活していて、学問や科学などをもっぱらやっている人たちもいます。

いまのところは、両者がそれぞれの特徴を発揮しようと懸命になっており、両方の考え方が並び立っている状態なのだと思います。

しかし、やがては両者の対立関係もなくなって、見た目について、あまり問題にしなくなるところに行き着くのではないかと、漠然と考えています。

動物性の名残という視点で、目や耳の感覚、体を動かす運動性ということを考えてみると、動物の場合は、たとえば何か獲物に類するものが見えたら、反射的に飛びついて食べたり、恐怖を感じたら、無意識のうちに避けたりといったことをします。一方、人間の場合は、多少なりとも、「これはどういうことだ」と考えて行動する。だから、人間の体の反射能力は、動物よりも劣るわけです。

僕は猫を四匹飼っていますが、そのほかに軒猫やら、うちにえさだけを食べに来るのやら、いろいろな猫がやってきます。興味深いことに、猫というのは、一匹だけをかわいがっていると見えたときには、お互いが喧嘩を始めるのです。

これを、人間にあてはめると、「嫉妬」という言葉で表現することができるでしょう。「あいつだけ特別扱いされている」と本能的に感じると、喧嘩をしたり、仲が悪くなるわけです。こうした反応は猫と同じであって、動物性の名残と考えたほうがいいかもしれません。

こうした動物性の名残による問題について、人間は本物の動物ほど、反射的な行動はしにくいと思います。なぜなら、見かけと中身は必ずしも一致しないとか、服装が性格を表すとは限らないというふうに、人間の場合は両者を多少なりとも分離することができ、頭で考えるからです。

❖老人はより人間らしい人間

人間は、動物ほど反射的な行動はとれないと言っても、職業によってはそれができないと困ることもあります。たとえば、モデルさんや女優さんは、反射的にきれいだとか、いいなと思われないと商売になりません。スポーツ選手も、動物並みに反射的に反応する人ほどうまく、その世界では優秀だということになりそうです。

柔道のヤワラちゃんこと田村亮子《たむらりょうこ》、結婚して谷亮子になった彼女はいい例でしょう。あの人には、反射的な反応がありますし、自分でそれを知っています。彼女が柔道で日本一だったとき、ある選手が、田村亮子は寝技がうまいから、彼女を凌駕するために自分は女子レスリングで寝技のやり方を習うんだ、と言っていました。

ところが、田村亮子が言っていることは、まったく違います。

「私はことさら腕っぷしを強くしようとは思わない。もちろん、ひととおりはやるけれども、それ以上はやらない。どこかを強化するといった練習もやらない。自分はただ、この技をかけて相手がそれにかからなかったときには、反射的に次の技が出てくるような訓練、修練をしている」

スポーツは、動物のように反射的に動くほどうまいと言えるわけで、両者の話をテレビで聞いていて、ヤワラちゃんはやっぱり上手《うわて》だと思いました。あそこまで動物性を高めて強くならなければ日本一にはなれないし、金メダルはとれないということだと思います。

こうした動物性が求められる専門分野や職業もありますが、一般的に言えば、学者さんのように頭を働かせる人は、いつも机に向かっていますから、体の運動性はひとりでに悪くなります。

運動性能力を発揮する職業の人は、動物のように反射的に体が動くように訓練をするわけですが、学者さんは、運動能力を目標にできないから、ますます足腰が弱くなって、下手になるということもあります。

ただ、これからもっと社会が進歩して、世の中が便利になっていくと、動物性の要素が人間から少なくなるような気がします。

ところで、最近の子どもたちの運動能力が下がってきて、さか上がりができない子どもが増えているという話を耳にします。でも、これは動物性の要素が少なくなったという話とは、ちょっと違います。成長期にある子どもの場合は、あるときそれができなくても、少し真剣に取り組めば並のうまさまでは到達できます。

お年寄りは、そういう能力の向上はもう無理だと思いますが、僕の経験では、リハビリをやっていると、この年でも少しは運動能力が高まったような感じがします。もちろん、若い人ほどではありませんが、年をとっても、体の可塑性《かそせい》は残っているのでしょう。

もっとも、リハビリをしながら、OT（作業療法士）、PT（理学療法士）の人からいかにも老人扱いをされると癪にさわったりすることがあって、そんなときは、「俺は普通の人間と比べて、身体動作能力が動物と大きくかけ離れているだけなんだ」と心の中で強がっています。

それはなかなか承認してもらえませんが、体の運動性が鈍くなった、判断の運動性が鈍くなったというのは、年をとったというだけの問題ではないように思います。つまり、理屈から言うと、老人というのは、人間の中の動物性が極限まで小さくなった、より人間らしい人間であって、それは老人が本来評価されるべき点だと思うのです。

若い者は年寄りを侮りますが、僕に言わせれば、老人は「超人間」なのです。

❖人の魅力は三十代半ばから

見かけだけではなくて、その人自身の魅力が一番出てくるのは、三十代半ばを過ぎてからです。

もっと言えば、老人の部類に入るようになってから、はっきりと出てきます。だから、そういうときこそ遠慮しなければいいのにと思います。老境に入ってからこそ、意図的に若く見せるような工夫をしたほうがいいと思うのです。

そこのところは少し勘違いがあるのではないでしょうか。年をとったら謙虚にしたほうがいい、謙虚にしなければいけないといった自己規制がかかっている。それは単なる思い込みです。

若く見せるような工夫をしたほうが、年寄りだからと恐縮したようにならないで、見た目にもいいのではないかと僕は思います。身ぎれいにして、見た目を意識すること。それが本当に必要なのは、実は年をとってからではないでしょうか。

普通の男の人にしても、年をとった女の人だから恐縮していたほうがいいとは思わないものです。その時々の充実感や美しさというのはちゃんと出てくるものだから、自然のまま、あるいは少し身なりに気をつかって若づくりにしたら、それは男から見て「立派だなあ」と見えるようになると思います。

男女・年齢に関係なく、あまり服装を気にしない人はいます。僕も、若いときは人並みに気にしていましたが、年をとってからはそんな余裕はなくて、面倒だという感じです。体の運動性からも、気分的なゆとりからも、年をとると、お洒落などしている気分になれないという感じです。

ですから、お年寄りで、実年齢よりは若めかなという格好をした人がいると、「ああ、この人はよくそこまで気をまわしてやってるなあ」と感心します。

当人は若いときに比べたら、ずいぶん苦心していると思います。というのは、年をとると、たとえば、ボタン一つはめるにしても時間がかかるようになるからです。大きな動きはまだ大丈夫なのですが、小さな動きが大変になっていくのです。だから、身なりにずいぶん気をつけている老人がいると、とてもいい感じがします。

❖老人だからこそわかることがある

男の老人の顔をよく観察すると、顔の動く部分がだらけているのがわかります。どういうことかというと、頬《ほお》が下がってくる。すると、ばか面というか、アホ面というか、何か間が抜けたような顔になってしまうのです。

それを防ぐには、顎《あご》から頬の下のあたりを、三十秒か一分ぐらいでいいから、乾いた布でこするとかなりの効き目があります。濡れた布では痛いので、乾いたタオルでこするといいでしょう。これで効果があるのですから、不思議なものです。

医者に言わせれば、頰が下がらないためには、そこを手術すればいいとか、食事をよく嚙んで食べればいい、ということになるでしょう。医者というのは、つねに内側から治療しようとするものだからです。でも、僕の経験からすると、外から刺激を与えてもそれなりの効果はあります。

医者は、患者がひどく咳込んだり、呼吸が困難になったりすると、対策として胸元に穴を開ける治療をします。でも、そうしなくても、乾いた布で、毎日三十秒ぐらいでもいいからこすっていると、呼吸は少し楽になるのです。

年をとると気管支が細くなるために、本当なら肺のほうに行くべきものが食道のほうに逆流することが起こります。そして、つばきが肺のほうに行ってしまうことがあり、それで咳込みや呼吸困難が起きるのです。

それを素人が自分で防ぐには、顎の下から咽《のど》をこするというのが精一杯のやり方で、それ以上は医者の領分になるからできません。そこから先は医者に任せればいいのですが、いまの医者は、どういうところで咳込んでそういう症状が出るのかということまで、よくわかっていないような気がします。

もちろん、僕は医学については素人ですが、日常的に摩擦をすればある程度防げるぞ、という手応えのような感覚は、老人になってよくわかりました。逆に言えば、老人が自覚的にいろいろとやってみないと、そして自分が病気になるまでは、医者にも絶対にわからないことがあると思います。

お医者さんは、内臓の疾患なら内臓の検査をすれば、数値が出てきて、どこが悪いかを調べることができます。手術や投薬をするための技術は発展したでしょうが、聴診器をあてて「体を読む」ようなお医者さんは、ほとんどいなくなってしまったのではないでしょうか。ある程度は自分で身を守るしかないと思うときがあります。

❖利害関係を第一義に考えない

人に対して第一印象を持つという能力は、その人の能力を反射的に発揮するという意味合いで考えると、かなり強力な能力と言っていいでしょう。これもまた、人間の動物性にもとづく能力なのかもしれません。だからこそ、第一印象があたっていることが多いのではないでしょうか。けれども、外れることも多々あります。

動物的な成長率を持って自然に発達してきたある部分の判断力というのは、おそらく第一印象を形作る上で大きな力を発揮して、しかもかなりの確率であたるのではないかと思います。

しかし、それができるのは大体青春期以前までです。つまり、動物的に発達してきた判断力や印象で見る力は、赤ん坊のときから前思春期の十五、六歳までで終わってしまうのです。

そのため、それ以降の年になると、第一印象ではあたらないで、これはしまったという経験もよくしますし、まったくの見当違いをすることもたびたびです。青春期以降は、他人を第一印象だけで判断してはだめだということを悟り、自分でそれを直そうとか、乗り越えようと人はするものです。

そういう意識的な作用に加えて、人とのつきあいも増えていくにつれて、人間の考え方や性格というのは、実際につきあってみないとわからないものだ、という体験も増えてくるはずです。そうしていくうちに、第一印象というものはあまりあてにならないとわかってくるのでしょう。

一方、第一印象で判断される側にとっても、同じようなことが言えます。厳密に人間の性格みたいなものだけを言えば、たしかに前思春期でほぼ決まっています。だから、その人となりの七、八割は、その人の生まれつきの性格や育った環境によると言っていいでしょう。しかし、残りの二、三割は、自分の意志の力や人間関係の経験などをもとにして、後から自分でつくってきた部分があります。

つまり、無意識だけではなくて、意識的な性格もプラスされて人間というものができ上がるのです。そうした年齢に達した人を判断しようとすると、単なる第一印象では間違えてしまうわけです。

ただ気をつけなければならないのは、計算高さは、顔や挙措振る舞いの中に自然に出てきてしまうということです。恋愛関係であろうと、一般的な人間と人間の関係であろうと、それはあまりいい印象を相手に与えません。利害関係を自分の中でどういう心がけで持っていたらいいのかは、その人の全体の人格に関することだと思います。利害ばかり考えていたり、言っていたりすると何となくそれが全体ににじみ出てきて、相手にもあまりいい印象を与えないかもしれません。だから、利害関係を第一に考えるのはやめたほうがいい。まったくゼロにすることは無理にしても、自分の判断力の中に、何気なく含めるというぐらいの気持ちで加えるようにするのが、いい人格のつくり方だと言えそうです。

これもまた、人間の難しさと言えるかもしれません。これは資本家も同様です。いくら資本家の本質が利潤を追求することにあると言っても、利害を第一義にしている人は、「やっぱりよくねえな、この経営者は」と誰からも見られてしまいます。

しかし、そうしたことを避けるのは、なかなか難しいことです。それが完璧にできる人はいなくて、的確な判断力と敏感な反省力があったほうがいいよ、とアドバイスするくらいしか僕にはできません。じゃあおまえはどうなんだと言われそうですが、僕も偉そうなことは言えません。僕は、ああ、しまった！ といつでもやっている口ですから。

では、そもそも利害とは何でしょうか。そんなことは、すぐ誰にでも判断できそうですが、マルクスの考え方はそうではありません。マルクスの自然哲学によれば、相手はものでも人間でもいいですが、人間が何かに手を加えることは、相手そのものを価値化することであると考えます。そのとき、それと同時に自分は自然物、動物の延長線上にある人間であり、有機的な、生きた自然というところに変化しているというわけです。

たとえば、本をつくるために働いて、自分はそのために頭をつかってくたびれた。そうすると、自分の働いた分はその本の価値の中にちゃんと入る。もちろん作者の価値が重いでしょうが、それは必ずそこに入る。有機的な自然に自分が化した分だけ、価値化されて本の中に入っているというのがマルクスの自然哲学です。

それは、事業に換算すれば利潤ということになるわけです。お金のことばかり考えていると見れば、あいつは金の亡者《もうじゃ》だ、と言われてしまうけれど、もともとは、価値化するときに何を第一義にしたかということにかかってくるのだと思います。そこをきちんと反省して、その都度、見直しているかいないかということが、その人の印象にも深く関係してくるのではないでしょうか。

利潤やお金というと露骨な印象がありますが、どんなことをやっている人でも、何かをやれば必ずそのものを価値化することになります。それと同時に、自分のほうは動物化、有機的人間化しているというのは、間違いなくそのとおりなので、この考えはそう簡単に滅びないだろうと思います。

こうしたマルクスの考え方は、すでに長い間支持されており、いまのところは僕にとってもずいぶん役に立っているように思われます。

❖育ちのよし悪し

青春期が成人のめどだと考えると、赤ん坊のときから青春期になるまでに構ってくれる人、つまり母親あるいは母親代理の人との関係が、育ちのよし悪しを決める、と僕は考えています。

それが、何らかの理由でスムーズではなかった場合、たとえば、経済的な事情で母親が働きにいっていて保育園に預けられ、夜遅く帰ってきてまったく構ってもらえない。そういうことだと、赤ん坊時代から前思春期までの育ち方の環境はいいとは言えません。

性格的に誰でも欠点はあるでしょうけれども、この期間の育ちが悪いと、性格の欠点が目立つようになって、後で自分で苦労しなければなりません。僕はそういうことを「育ちが悪い」概念としてとらえています。

母親あるいは母親代理との関係がよくない、母親と父親の関係が悪い、母親が働かざるを得なくて疲れ切っていて構ってもらえないといった状況、さらに、保育園の保育士さんにはいろいろな人がいますから、その人との関係がうまくいかない場合など、育ちが悪くなる原因はいろいろと考えられます。一人前になる青春期以前に、こうした育ち方の環境が悪いと、後々、青春期以降に、あるいは結婚してから、相当苦労しなければならないことが起こってくるだろうと思います。

なかでも、赤ん坊時代から前思春期までの間には、その人の性格を決める、とくに重要な期間が二つあります。一つは乳児期です。母親あるいは母親代理の人が、哺乳やおむつの取り替えといったことをゆったりとできるゆとりが、精神的、経済的にあったのかどうか。なかった場合は、それが無意識のうちに心の底に沈んで、青春期以降にそれを自分で克服しようと考えて、意識的に相当苦心しなければならないことが起こり得るのです。

もう一つの時期は、前思春期に近い、十代の半ばぐらいまでのところです。年上の人、たとえば母親代理の人から性的にいたずらに近いことをされたり、過剰に構われたりすると、やはりその体験が無意識のうちに心に沈んでしまいます。

こうした、無意識のうちに沈んだ体験は、青春期頃によほどのことがなければ出てきません。それでも、主に、この乳児期と前思春期の二つの期間を経て、人間の無意識を含めた性格形成がなされると考えられます。

僕が「育ちが悪い」とする環境は、青春期までのことを指していて、青春期以降は育ちがいいも悪いも関係ありません。青春期になれば、家庭環境や教育環境を自分で意識的に変えていくことができますので、そこから後の環境は、育ちによる問題とは別のものだと僕は思っています。

したがって、青春期の前までのところが「育ち方の環境」にあてはまるのだと言えるでしょう。

❖子育ては千差万別

育ち方の環境を考えると、日本の従来の子育ては、いいやり方だったのではないでしょうか。僕は、子どもが生まれたときに、「お宅の奥さんは体が弱いから、旦那さんがうまく助けてやらないと育てるのは大変ですよ」と言われて、子どもの世話をけっこうしたので、体験上よくわかります。

上の子も下の子も、かかりつけの産婦人科と小児科のお医者さんがいる産院でお産をしました。そこは、看護師さんが一人、お産のときは臨時にもう一人くるくらいのこぢんまりしたところで、男のお医者さんと女医の奥さんが、家庭的に世話をしてくれました。

生まれたばかりの赤ちゃんは、お腹がすいたときとおむつが汚れたとき、普通はこの二つのときに泣きます。母親は赤ちゃんを産んで、普通に起き上がれるようになるまでに、一週間ぐらいの人もいるし、一か月ほどかかる人もいます。その間、自分が寝ている隣に赤ちゃんを置いておけば、すっかり起き上がらなくても、旦那が手伝うことで、自分でも赤ちゃんの世話ができます。母乳を飲ませることで免疫もつきます。

そういうことも含めて、母親が父親に助けてもらいながら産後の肥立ちを待つことができるのは、人間の育ち方、育て方としては比較的理想に近いのではないかと思います。西欧のやり方、東洋のほかの国のやり方など、世界を見れば、育て方はそれぞれ違いますが、日本の育て方は後から考えてみて、典型的にいいやり方であったと思います。

いまはそういう家庭的な産院より、大病院でのお産が多くなり、病院によっては完全に西欧式で、数日で母親は起きて早く体を動かしたほうがいいとか、子どもは一緒にしないで、離したほうがいいという考え方が入ってきているようです。

お産や子育てのやり方はいろいろあります。アメリカの民俗学者が、大洋州のある島でフィールドワークをして、その島の子育てを調べているのですが、それによると、母親が意識的に生まれた子どもの性器をいじるというのです。それをそのアメリカの学者は「高原状態」と名づけていて、赤ちゃんのときから性的な興奮状態にして育てているところがあると報告しています。その社会ではそれが一番いい赤ちゃんの育て方だと思っているわけです。

世界中で、赤ちゃんの育て方は千差万別です。だからそれぞれですが、日本の一時代前までの育て方は、かなりいい育て方だったと思うし、それがまともにできたら「育ちがいい」ことになるでしょう。

❖甘えが強くてどこが悪い

西欧流では、生まれたばかりの赤ちゃんを、母親から離したほうがいいという考え方をすると言いましたが、それは早いうちから親から離したほうが、自立心が養えて甘えのない人間に育つということのようです。なるほど、そういう考え方もあるかもしれません。

日本の場合は、親が添い寝してしょっちゅう皮膚接触しているような育て方をしているので、日本人は甘えが強いと言われます。でも僕は、甘えが強いのはどうしていけないのだろうと思います。「いけないところはないよ」というのが実感ですが、これは人さまざまでしょう。

西欧流の育て方は子どもの独立心を育て、分離が楽にできてさっぱりしている。一方、日本人はどうも精神的な乳離れが母子ともになかなかできない。こういう見方があると思いますが、別の見方をすれば、でも、そうやってたっぷり甘えてうまく育ったほうが、母子分離もスムーズにいくのではないでしょうか。

これからの時代は、なおさらそうした発想が必要だと思います。文明文化が発達していくと、母と子の関係は一層冷淡になっていきますから、えてして対立することが多くなるでしょう。でも、小さな頃にたっぷり甘えておけば、そうした対立も少しは和らぐことでしょう。ところで、甘えが強いことの利点の一つに、日本の女の人がおとなしいということが挙げられます。ですから、日本の女の人は外国人と結婚しようかどうしようかというときでも、よほどその人が好きだということでないと、旦那さんの国に行って、そこで家庭生活を送ったり、子どもを産んだりということはできないような気がします。

いまの女性はだいぶ変わってきているかもしれませんが、それでも傾向として、よくも悪くも日本の女の人は、そういうことに臆病でもあるのでしょう。それは甘えと言えば甘えなのかもしれません。フランスの俗な言葉に「日本人の奥さんをもらって、中国人に料理をさせて、フランス人の女性と生活を楽しむ」というようなものがあります。これが男性にとって理想だということらしいですが、それはある意味で的を射ているかもしれません。

そこへいくと、日本の男性も甘えが原因で、性格が消極的になる傾向がありまず。僕はフランス流の研究室で卒論を書いたので、そのあたりの事情がよくわかります。

僕が卒論を書いたのは、その学校の化学教室なのですが、そこではなまけようと、ただ見ていようと何の文句も言われませんでした。いまどこまで進んだんだ、ということも一度も聞かれない。まったくそれぞれの好きにさせて、終わったときに卒論ができていればいいという考え方です。ときどき「やってるの？」

ぐらいは聞かれますが、それ以外は何の干渉もなし。僕はなまけものですから、卒論もなまけて、何とかやっとそれらしくやって卒業したのです。

日本の工科系の学校は就職まで世話をしてくれます。「研究室の先輩がいるからあそこの会社のどこの工場に行け」と。就職してからも何かあるとその都度学校へ行って教わって、卒業しても学校との関係は切れません。しかし、僕が行った研究室は、最初から就職の世話はできないと言っていました。僕も、「そんなことは構わない」と、それを前提としてその研究室に行ったわけです。でも卒論のときは「なまけものだなあ、この先生は」と思ったりもしました。こっちもなまけものだから、自由でこんないいところはない、と思う一方、勘どころというか、こういうやり方をするとうまくできるとか、助言してくれたほうがいいのになと、なまけもののくせに欲張りなことを思っていました。

でも、「誰も教えてなんかくれないよ、自分で考えて、自分でやらないとやっていけないよ」ということだけは身についたような気がします。それはたぶん向こうの国の、赤ちゃんのときからの育て方にも関係しているのではないでしょうか。

❖ヨーロッパ人と日本人

僕は、フランス人と結婚した日本の女性に次のように聞いたことがあります。「パリのルーヴル美術館で待ち合わせをしていると、後ろから来て肩にかけているカメラをひったくって逃げられるといった話を聞くけれども、そんなフランスのどこがいいんですか」と。

すると、彼女はこのように答えました。「経済的にも豊かだし、物騒なこともなくて、日本のほうがずっといいですよ。ただ、フランスには、何とも言えない自由さがあるんです。国とか人種とかには何のお構いもなく、誰とも自由につきあえる。それは、日本で言う自由さとか差別のなさというのとはまるで次元が違う」と。

フランスという国は、飛び抜けていいところは別にないのだけれども、そういう自由さを体験すると、「これはどこに行ってもない自由さだというものを感じる」とその女の人は言うのです。これは育て方、育ち方に関係があるのかもしれません。日本人は人間関係において、自分との違いを過剰に意識して、どうもぎこちなくなってしまうところがあります。でも、そういうものがまったくない自由さは、何物にも代えがたいものなのだそうです。

そうした自由さというのは、日本とは桁違いらしく、どんなところへ行っても干渉する人は誰もいないような自由さがあるそうです。これがフランスの魅力だと言えば魅力であり、「それ以外は日本のほうがいいですよ」と彼女は言います。

そのかわり、ヨーロッパ人には、日本人にない変なところもありました。僕がいた特許事務所にドイツ人の女の人が二、三人いたのですが、何かの拍子に戦争中の話になったとき、そのうちの一人が興奮して、事務所の真ん中に突っ立って演説口調で何か話し始めるのです。そういうときの話は、僕の語学力では何を言っているのかわからないので、できるやつに聞くと、「ベルリンにソビエト軍が進攻してきて、自分の家は彼らの宿舎として接収された」ということを憤慨しながら話していると言うのです。

これを聞いて、当時の僕はびっくりしました。と同時に、こんな真似は日本の女の人にはできないなあと感じました。日本の男である僕から見ると「ああいう人と結婚したら大変だろうな。日本の女の人はあんなふうではなくてよかったよ」と思ったものです。そんなふうに思うほど、本当にすごいものでした。

日本と西欧、どちらの育て方がいいのか、僕にはよくわかりません。どちらにも長所と短所はあるのだと思います。しいて言えば、従来の日本の育て方に、インターナショナルな面をもう少し加えれば、欠点が補われてちょうどよくなるのではないでしょうか。

日本は子どもをかわいがりすぎたり、手をかけすぎるから精神的な乳離れも遅いと、西欧の視点から見ると言えるかもしれません。でも、僕はそれほど悪いこととは思いません。それが日本人の特質であり、もしかすると東洋人全体の特質なのかもしれません。

❖目に見える苦労はあまり問題にならない

乳幼児期から前思春期までの育ち方が、大人になってからのあり様に影響を及ぼしている例として、三島由紀夫《みしまゆきお》は典型的なものでしょう。三島さんのお父さんが書いた本（平岡梓『伜・三島由紀夫』）の中で、お母さんが、その一生に対して「暗い一生」という呼び方をして、その始まりがどうだったのかを証言しています。

私たちは二階の方に住んでおりましたが、母は公威《きみたけ》（三島由紀夫の本名・吉本註）を自分の枕元よりはなさず、常に懐中時計を持っておりまして、四時間ごとに正確にベルを二階に鳴らして参りました。公威の授乳は四時間おきでなければならず、またその飲む間の時間もきめてあったのです。私はその時刻が近づいてきますと、もうオッパイが張って来てとても苦しくなり、公威はさぞやお腹が空いているだろうと、この時は公威を抱いて思う存分飲ませてやりたい気持でいくどか泣いたことがありました。公威の方も一刻も早く私のふところへと全く同じ思いでしたろう。かくて生れ落ちるとすぐ産みの親の私と別れて、絶えず痛みを訴える病床の祖母のそばで成長するという、こんな異常な生活が何年も続くことになりました。私はこれで公威の暗い一生の運命はきまってしまったと思いました。

これでは、母親が自分の子どもをかわいがることもできません。これで明るい一生が実現するはずはありません。それくらい、乳幼児期の育ち方は重要なものなのです。

そのほかの社会関係、人間関係などは、それほど影響を及ぼすものではありません。人がうまいものを食っているときにおにぎりだけ食べていたなどというのは、目に見えて大変なことのようですが、実はそれほど大きな問題ではないと思います。

成人してしまえば、それぞれの形で生活していくようになります。社会的な差別に注目する人もいますが、いまの日本人は八割から九割が自分たちを中流だと思っています。ですから、つまらないところでの差別はあったとしても、それは贅沢な悩みと言っていいほどのものであり、本質的な差別はそれほどないという程度にまでなっています。

問題なのは、幼い頃の育ち方なのであって、これは自分が意識していないときに形成されてしまいます。三島さんの場合、おかしな育てられ方をしたために、尋常な形で生きていけるはずがないと、母親はとうにわかっていたと思います。物質的には何不自由なくても、母親の目から見たら、こんなひどい育ち方をした子どもはいないと思っているでしょうし、三島さん自身もそう感じていたと思います。

でも、それは人に言ったから直るわけでもなく、自分で意識的に直すよりほかにありません。三島さんは穏健な人でしたが、心の中では大変な苦労があったと思います。母親のほうはなおさらそうで、「こんなばかな」と思いながら姑にしたがうしかなかったのでしょう。あとは、三島さんが自分の意志力で性格を変えて大人になっていく以外になく、それでも足りないところは、ものを書くことで自分の気持ちの安定化をはかってきたのでしょう。

それがあの人の小説です。普通の日本の作家に比べると、桁違いにいい作品を書いていることからも、ものを書く作業に打ち込むことで精神を保ってきたことがうかがえます。目に見えない、人に言ってもあまり意味のない、でも、自分には重要なことを表現する、そういう苦労を人一倍した人ではないでしょうか。

それはある意味で三島さんの作品を優れたものにしました。しかし、そんなことでは代えられない不幸だったと思います。大人になってから、いい年をして母親に甘えるわけにもいきません。どこにも立つ瀬がないような育てられ方をし、生き方をし、死に方をしてしまいました。人生をまっとうするところまで、どうしてもいくことができなかったのです。

その原因は何だと言ったら、三島さんの乳幼児期の育ち方だと、僕は確信を持って言うことができます。

❖子どもは親を映す鏡

「育ちが悪い」とは、どういうことか。最後にもう一度まとめてみましょう。たとえば、両親が夫婦喧嘩ばかりしているような環境で育った子は、多少育ちがよくないと言えるでしょう。そしてもう一つ、西欧的な考え方にもとづいて、できるだけ早く親から離して育てた子も、あまり育ちがいいとは言えないと、僕は思います。

つまり、育ちの悪さというのは、家庭の経済力に関係したものではなく、母親あるいは母親代理の人による乳児のときからの扱い方で決まるものだと思うのです。

あるいは、家が経済的に苦しく、お母さんが外で働くために保育園に長時間預けられて、そこの保育士の対応がたまたまよくなかったとしたら、それも「育ちが悪い」ということになるでしょう。

もっとも、こんなことを言うと、それは男のわがままだと、フェミニストの人は言うでしょう。たしかに、そうした面も否定はできませんが、そんな次元を超えて、母親あるいは母親代理の人と子どもとの関係は、とくに乳幼児の時代には何よりも重要なのです。

現に、子どもが成人してから一番なつかしがるのは母親であって、父親ではありません。これは百パーセント疑いのないことであり、父親の役割は母親を介して子どもに作用しているだけです。父親に親しみを感じている子どもがいたとしたら、母親との関係がよっぽど悪かったのでしょう。そうでなければ、大体人間は死ぬ間際まで、思い起こすのは母親のことです。親愛の情を持って慕うのも母親と決まっています。

母親が病気で早く死んだりすると、子どもは一生涯母親のことを考えています。また、平均寿命でいけば、男親よりも母親のほうが長生きするはずですが、事故や病気で母親のほうが早く死んでしまって、残された男親が年をとると、父親は構いようがないし、構われようがないという関係が当たり前です。

母親の存在は戦争中も同じで、兵隊さんが死ぬときに「天皇陛下万歳」か「おかあさん」と言うかどちらかだったというほど重要なものでした。いまの時代、「天皇陛下万歳」はないでしょうが、「おかあさん」のほうはこれからもずっと残ることでしょう。

それほど、乳幼児期から前思春期までの過程における母親の存在は重要なのです。もちろん、大人になれば、ふだんの自分の性格や人間関係は、意識してつくった部分で間に合うでしょう。でも、自分の生涯にとって重要な時点に誰を思い出すのかというと、間違いなく母親です。たとえ、ふだんは母親とは別世帯で暮らしていても、あるいは親子関係にいろいろな起伏があっても、命にかかわる病気や事故で重体になったときには、母親のことが頭をよぎることでしょう。

だから、専業主婦になると損をすると言う人もいますが、そんなことは絶対ないのです。もし、専業主婦ほどの時間がつくれないというのなら、せめて子どもにとっての肝腎な時期、つまり乳幼児期と前思春期直前の時期だけは、じっくりと向き合ってくださるのがよろしいのではないでしょうか。

日本の民俗学では、幼い子どもが遊ぶ様子を指して、最初の時期を「内遊び」、次を「軒遊び」と呼んでいます。ここまでが、母親か母親代理の目が届く範囲で遊ぶ時期です。もし、仕事でどうしても忙しいということであれば、この軒遊びの期間までと、それに加えて前思春期の期間だけは、正面切って子どもと向き合って、怒るときは怒り、かわいがるときはかわいがる。そうすればまず文句なく育つはずです。少なくとも、凶悪な事件を起こすことはあり得ないでしょう。ここが、育ちがいいか悪いかを分けるもっとも重要なポイントになると思います。

5 才能とコンプレックス

❖三島由紀夫の「暗い一生」

三島由紀夫は、温厚な人でスポーツマンでもありました。しかし、あの人のそうした性格や精神というものは、みずから意識的に変えていった部分が多いのだと思います。

前にも述べたように、三島さんは生まれて一週間ほどすると、神経症的で頑固な祖母のもとで育てられるようになりました。そして、おっぱいを飲ませるときだけ、母親を呼んだのだといいます。

お母さんは自分のそばで育てたかったのに、それをさせてもらえなかったわけです。お母さんは、息子である三島さんについて「暗い一生」という言葉をつかっているくらいですから、その育て方がその後の三島さんの人生に暗い影を落としていることに気がついていたはずです。

だからこそ、三島さん自身も意識的に自分を変えようと思って、もともとは虚弱な人なのにスポーツで鍛えたり、強靭な精神をつくり上げたりしようとしたのではないでしょうか。

ああいうタイプの人は、持って生まれた観察力が優れているというよりも、人工的につくり上げた能力で世の中を見ている部分が多いと思います。だから、三島さんの小説は非常にいいのですが、どこか人工的なにおいがします。そもそも小説は人工的に違いないのですが、そういう意味ではなくて、何となく空疎な乾いた感情の印象を感じるときがあるのです。三島さん自身、人には言わなかったでしょうが、自分を変えようとして、ずいぶんと苦労したのではないかと思います。その自己改造はすさまじいものがありました。程度の差はあれ、人間は誰でも育てられ方によってその後の人生が大きく変わっていくものだと思います。

僕自身も引っ込み思案な性格で、そのことを子どものときから嫌だなあと思っていました。

前思春期にあたる十五、六歳までの育ち方によっては、引っ込み思案になる子も少なくありません。それが高じると、いまで言うひきこもりになってしまうのでしょう。僕は、悪ガキでいじめっ子で、積極的に遊ぶ子どもだったのですが、内心は引っ込み思案だったのです。そのため、親や学校の先生も、僕の引っ込み思案を矯正しようとしていました。

たとえば、僕が通っていたのは少年野球がさかんな学校だったのですが、大会のときに応援席にいると、何の用意もないのに「おまえ、出てきて音頭をとれ」と言われる。教育のためということはわかるけれど、内心は引っ込み思案だからドキドキして、一瞬何をしたらいいのかわからなくなってしまうのです。

しかし、こういう経験を積んでも、あまり効き目はなくて、根幹はちっとも直りません。それでも、意識的に直そうという意欲は残って、それは一種の反省力みたいなものになっていきました。とはいえ、これもあまり人工的だと「あいつは暗い」と言われるから、僕は自分から進んで「暗い」と言うことにしています。

いまのひきこもりと、昔の引っ込み思案というのは、性格は似たようなものですが、最近は殺人をしたり、女の子を連れてきて監禁をしたりというところまでエスカレートすることがあります。そういう事件を起こすのは凶悪なやつだと法律は判断するでしょうけれど、それは間違いです。本当はおとなしすぎて引っ込み思案で、その性格が逆に出て凶悪になっているということはずいぶんあると思います。

推察したり、想像力を働かせたりすると、法律で判断するような本当の凶悪な犯人ではないのかもしれません。だから僕は、凶悪と言われる少年少女に対する、現在の法律上の扱い方、家庭裁判所での扱い方がいいとは決して思いません。

むしろそういうやり方では直らないのではないかと思っています。殺人事件になると、もうこりたから二度とやらないということがあり得るかもしれませんが、一般的に言えば、法律で罰したからといって心の底から直ったかというと、それは大間違いだと僕は思っています。そこが法律のだめなところではないでしょうか。

❖引っ込み思案の苦しみ

子どものときからの引っ込み思案で、僕はずいぶん嫌な目にあったり、自分が嫌になったりしました。ためらってはいけないというときに躊躇して、もどかしさを感じることもしばしばでした。逆に、意識して躊躇すまいとすると、あいつばかに威張っているじゃないか、と人に思われる。引っ込み思案の具体的な表れ方はさまざまです。

僕は、引っ込み思案でいて悪童でした。矛盾していると思われるかもしれませんが、そんなことはありません。たとえば、友だちの母親から見て、いかにも嫌な子どもだなあと見える子がいますが、そうした子は実は引っ込み思案の悪童ではないかという気がします。

つまり、引っ込み思案なのを意識してわざと悪ぶった振る舞いをしている面が少しでもあると、大人から見た場合、素直ではなく嫌な子だというふうに見えるのではないでしょうか。悪童ぶって、近所の子にこうしよう、ああしようと言っているのをその子の親が見ていたら、「あの子は嫌な子だな」と感じるでしょう。

悪ぶっているのが冗談や笑い話ですまされる場合もありますが、悪を本当の悪のように意識した部分があると、嫌な子に見えると思います。だから、「引っ込み思案」と「悪童」というのは、必ずしも矛盾するわけではなく、両方を兼ね備えている場合があるのです。

僕が引っ込み思案の苦しみを味わうのは、人前で話すときです。もっとも苦手なのは、対談や鼎談など、少人数で話す場合です。とくに女の人が何人かだと、もういけません。

また、引っ込み思案を少し無理して抑えていると、無理した分だけ言いすぎてしまって、嫌な野郎だと思われることも少なくありません。引っ込み思案の常で、そこの加減がうまくいきません。

一方、大勢を相手に講演をするときは、個別に受け答えを考えなくてもいいので意外に平気です。そういうところでは、引っ込み思案は障害にならない面があります。それでも、おしゃべりを始めるまではどうも落ち着かなくて正気ではない感じです。

結婚式でスピーチを頼まれることもありますが、これも苦手です。断るわけにいかないということが何回かあって、ちょくちょくやりましたが、全然だめでした。口がもごもごしていてお話になりませんでした。言いたいことをうまく言えたと実感できたことは、一度もありません。そのかわり、お葬式の弔辞は評判がよく、「おまえのは実に簡便でしかも故人の特徴をつかんでいる」などと言われます。

なぜかはわかりませんが、もともと、楽しいほうではなくて、悲しいことのほうが好きなのかもしれません。何かがあるのでしょうけれど、何のせいにしたらいいのか、自分でもよくわかりません。格好つけて言えば、仏教の影響で、僕は死者はみんな平等だという考えがしみついているからかもしれませんが、でもそれは少し怪しげな理由だという気もします。

❖コンプレックスは生きるテーマになる

作家の表現というのは、その人の性格、人格をよく表しています。太宰治のような裸の鋭敏さを持つ人もいますし、三島由紀夫みたいな、練りに練って、飾りに飾った作品という形で出てくる場合もあります。

三島由紀夫の場合には、いわば知的に飾ることによって異常に理屈っぽい小説になっています。太宰治は反対で、おいしい料理がすっと出てくるように、読む人に示される。それでもこの人の「暗いうちは滅びないんだ」という逆の言い方をする根拠は、三島由紀夫と似たところにある気がします。

文学、とくに小説の書きようは百人百様です。でも、人の気づかないところに気づいて、それを描写することが自分にとっても慰めになる。またそれを書くことによって、一時的であっても解放的になり、顔も知らない読者に同じ解放感を与えられたらいいなと考えて作品を一生懸命書く人というのは、子どものときあまり幸福ではなかった人が多いのではないでしょうか。なかでも、幼少時に母親との関係をうまく築くことができなかったことが、一番大きく影響するのではないかという気がします。

青春期を過ぎたら、性格が自然に変わるということはあり得ませんから、あとは人工的、意識的に変える以外にありません。人間誰しも大なり小なり、そういうことをやっていくわけです。だから、青春期以降の大人の人間関係というのは、そのほとんどが意識的に変えた部分同士で結ばれているとも言えます。

赤ん坊や幼児のときに築かれたものが表に出てくるかどうかは、結婚でもして二十四時間いつも一緒に過ごしていなければわからないでしょう。逆に言えば、普通の大人の関係の持ち方というのは、意識的に自分を変えた部分だけで間に合っているわけです。

幼少時の無意識の時代に、その人の性格の主な部分は決まっているとしたら、引っ込み思案だからと意識的に直そうとしても、本質のところは変わっていないということになります。

そうすると、僕もそうですが、生まれつきの性格の問題は、自分と問答する中で解決するしかありません。解決はしなくても、自問自答する中でそれは徐々に解消させることができて、人間関係については、その意識的に変えた部分でつきあうことができるわけです。

❖人間にとって一番大切なこと

人間にとって大切なことはきっとたくさんあると思います。そして、たぶん多数の人が、人間として大切だと思っているものはやっぱり大切に違いありません。でも、実際は、自分の性格や成り行きなど、さまざまな理由で、人間として大切だと思えることとの距離感があって、なかなかそこにいけない状態にいることが多いものです。

でも、人間として大切なことを考えたり、それを実現するために自分の行動の仕方を変えたりする意識が重要なのではないでしょうか。それは、社会全体にとっても重要なことではないかと思います。僕はそういうことを、いつでも考えていますし、つねに自分の頭の中に置いています。

社会にとって本当に大切なものは、どこかにあることは確かです。では、それはどこかと言えば、少なくとも、大多数の一般の人が認めているところが、きっと人間にとって一番大切なところではないでしょうか。

その大切なことというのは、もちろん、総理大臣が言ったからだとか、検事が言ったから、あるいは文学者が言ったから大切ということではありません。でも、世間一般の人の大多数が大切だと思っているものはちゃんとあるのです。

それに自分が近づこうとしても、自分の気持ちが乗っていかない、あるいは事情があってそうはなれない、そういうことが日常生活の中では多く起こります。でも、そのギャップを考え続けていくことが、もっとも示唆に富んでいるような気がします。そうした意識を持つことこそが、生きる上で「大切」という言葉にふさわしいのでしょう。

若い頃から、そのことはつねに気にかかるところでした。その時代の社会的な状態や、自分の気持ちの据わり方の状態などにより、また年代や年齢によって違うことはあると思いますが、その中で一貫していたことはと言えば、こうしたことを自分の頭で考えてきたことです。

大切なことはその都度変わっていきます。だから何が人生で重要だというふうに言われたら、ずっと一貫して、大切なものと現状の自分との距離について考えていくことだと思うのです。

おまえの一番大切なことは何かと聞かれると、人によって、誠実であることが重要だとか、愛情が重要だとか、一人一人言い方が違うと言っていいくらいです。たしかにそれはどれもみんな重要でしょう。

でも、自分にとって真に重要なことは何なんだと突きつけられたら、僕ならこう答えるでしょう。その時代時代で、みんなが重要だと思っていることを少し自分のほうに引き寄せてみたときに、自分に足りないものがあって行き得なかったり、行こうと思えば行けるのに気持ちがどうしても乗らなかったりする、その理由を考えることだ、と。

みんなが重要だと思っていることというのは、大多数の人が考えている、あるべき人間の姿、あるべき性格、あるべき環境など、いろいろなものが含まれるでしょうが、そこにはなかなか達することができないために、その時々で葛藤が生じるのです。

そうした葛藤を僕はいつも感じています。それが人間にとって重要かどうかは人それぞれですから、何とも言えませんが、僕の中に一貫してある思いというのは、どうもそれだという気がします。

では、僕にとって現在、具体的に何が重要か。一つは体のことがあります。老齢にまつわるさまざまな問題を解決することはできないでしょうが、そうした主題でものを書くことで、解決に少しでも近づくのではないかと考えたりもします。自分の身辺のことを考えても、若い頃とは違う思いがあります。女房の病気が少しでもよくなってほしい、子どもが介護でくたびれて参ったというようにならないでくれたらいい、などと書くことで解決に近づくことがあるかもしれません。

時代、時代にいろいろ変わる一つ一つの課題というか、問題に対して自分なりにアプローチを考えたり、いかに克服していくかというプロセスを考えることは、僕にとってもっとも長続きしている習慣のようなものです。つねにその時々が選択であって、これは忘れたほうがいい、これは考えないほうがいいと判断していく。人生はその積み重ねです。

❖進路に迷ったら両方やる

そうは言っても世の中、理想の自分と現実の自分が違うことがほとんどです。

誰しもが葛藤を抱え生きているものでしょう。性格の上でもそうでしょうが、職業の上でもそうだと思います。自分のやっている仕事が自分に合っているのかどうか自信を持てない人は多いのではないでしょうか。

僕の身近な作家と編集者のたとえで言うと、作家に向いているのに編集者になりたいとか、編集者に向いているのに作家になりたいという人がいます。このように、自分がなりたい仕事と、他人から見た向き不向きが違うことはよくあるものです。

そういうときには両方やって、両方の修練をすればいいと僕は思います。一方が陰になれば、もう一方が陽になり、逆に、一方を表にしたら、もう一方は裏にまわすような修練の仕方をすればいいのです。そうすれば、どちらになるにしろ必ず役に立つはずです。

たとえば僕が編集者だったら、編集の仕事について絶えず考えているのはもちろん、この作家はこう書いているけれども、自分が作家だったらこういう書き方をするな、といったように、両方にバランスを置いて考えながらやっていくでしょう。

そうではなくて、一方の修練はするのに、もう一方が進まないというふうだと、うまくありません。自分の選んだ仕事が、実際は向いていなかったという場合に備えて、いろいろなことをやってみるほうがいいと思います。

前にもどこかで書きましたが、僕は失業していたとき、理工系の編集者募集の新聞広告を見て採用試験を受けにいったことがあります。

試験会場に行くと、文章が配られ、辞書や教科書等何を見てもいいからこの文章を校正せよ、というものでした。じっとその文章を見ても直すところが見つからない。何の誤植もなさそうに見えるけれども、まさかそんなはずはないとよくよく見て、ようやく二つか三つぐらいの間違いを見つけて直しました。試験が終わった後、そばにいた人に、「校正するところがありましたか」と尋ねたら、その人は「いっぱいありましたよ」と言ったので、びっくりしました。

その人は、「通りがよければするっと読んでしまうけれど、読まないで一字一字あたっていくようにやらないと見落とすよ、慣れてくればそうやらなくてもできるようになるんだ」と要領を教えてくれました。僕は文章の内容のほうを読んでしまっていたのですが、誤植を見つけるためには内容を読んではだめだったということでしょう。編集者の仕事も大変なもんだなあと感心しました。こういうことをばかにしてはいけないと感じました。

そんな経験があるものだから、編集者ははたから見るよりも大変なものだとわかりました。誰が見たって間違いなんてすぐ見つかるだろうなどと思ったら、とんでもない話です。

僕は『試行』という同人雑誌をやっていたことがあって、ベテランの編集者に手伝ってもらっていたのですが、よくまわりから、おまえのところの校正は普通の同人雑誌とは比べものにならないくらい優秀だな、と言われることがありました。プロの仕事は、やはり大変なものだと思います。

当たり前ですが、その試験はみごとに落ちました。筆記試験の結果だけで試験に落ちたのではなく、もっと別の理由で落ちたのかもしれませんが、いい経験をさせてもらいました。ですから、試験に落ちたといってもショックはあまりありませんでした。

僕がもともと学校で学んでいたのは、何かの実験をやって、その結果を出して、中間的な装置をつくってまた実験するというものでした。そして、その次に本当の装置をつくって実験するという流れが、まるで自分の商売みたいなものに感じていました。だから、紙の上での仕事というのは、何となく本職ではないなという思いがあったのかもしれません。

仕事の経験の話といえば、特許事務所で一日おきに働いたことがあります。その仕事も何か実験をしたり、現場で何かをするというものではなかったので、いま一つ手応えみたいなものがなく、何となく技術系の本職だという感じがしませんでした。何か片手間でやっているような感じがつねに伴っていました。

僕は現場仕事のほうが性に合っていて、そういうのをやらせれば、本領を発揮すると思っていたわけです。でも、戦争が終わったとたんに気が抜けて、もう何もかもやめたという気分になってしまいました。結局、その後は、紙の上で行うアルバイトをやることになりました。それがいまでも続いているというわけです。

6　今の見方、未来の見方

❖極めて倫理的だった戦争中の社会

僕らはいわゆる戦中派に属しており、戦争と平和の両方を体験しています。実際に体験したものとして、一般に誤解されていることも含めて述べていきたいと思います。

まず、戦争というのは当事国、つまり戦争をしている国同士は、それぞれ自分なりの倫理観、正義感を両方とも持っています。そして、お互いがそれを主張し、相容れないところから始まります。

最近の例で言えば、「イラクに核兵器の準備がある、だから査察させろ」というのが、イラク戦争にあたってのアメリカの当初の主張でした。一方イラクのほうは、「アメリカはキリスト教国なのにイスラム教国も、その他アジアの国も全部支配したがって、言いがかりをつけて戦争をしかけてきた。だからあくまでも抵抗するんだ」という正義感を持っています。お互いの倫理観や正義感が衝突すれば、戦争になるしかありません。

しかし、アメリカとイラクの間の戦争や、僕らの戦争体験を踏まえて考えてみると、結局、戦争というのは大量殺人にすぎないということです。どちらがいいとか悪いとかではありません。戦争自体が悪だと考えるべきでしょう。

当事者同士はそれぞれの正義感、倫理観を掲げています。お互いが、自分たちは正しいと思ってやっていることは確かで、両方の言い分を聞けば、どちらも正義感を表に出して主張します。一方だけに正当性があって、一方にはないということはありません。片方はテロで、片方はそれを鎮圧するために攻撃するという話は、僕の体験からして認められません。

戦争はいずれにしても、大量の兵員や非戦闘員に対する殺戮《さつりく》、あるいは爆撃による都市の破壊といったことが常道となっていくので、どういう正義感で理由をつけても、意味がないのです。ただの大量殺戮や大量破壊に何の意味があるでしょうか。だから、両方ともが悪だ、とする以外にありません。

戦争自体が凶悪なわけですが、戦争当事国の日常はどうかというと、僕の経験では、戦争はあまり好きではないとか、俺は戦争反対だ、と公言した人は、少なくとも僕らに見える範囲ではいませんでした。戦争はいいと思わない、戦争はやらないほうがいいと思っている人がいたとしても、国が戦争をやっているときに反対だと主張する声は、少なくとも、東洋の国では聞きません。

アメリカでは割に平気で反対する意見も言います。片方でベトナム戦争をやっていて、片方では同じ国民がベトナム戦争反対と大っぴらに言った場合、忌避されることはあるものの、それが法律に引っかかって捕まるということはまずありません。それは西洋のいいところだと思います。

日本ではそういうことはなくて、反対の声を上げたらたちまち入獄させられるという状態でしたから、身内の間や友だち同士では、この戦争はよくないなあ、という話も出ていたのでしょうが、そういう声を表立って上げた人はほとんどいないのです。

それどころか、声を上げなくても牢屋に入れられた人がいて、そういう人は何をしたかというと何もしていないのです。日本はそこが特殊なところです。そして、本来なら牢屋に入れられても、刻々の情勢の移り変わりや、国民の考え方などを新聞その他の情報から分析するのが、戦争反対を主張する人たちの常道なのですが、それは日本ではまずありませんでした。そもそも、そういう情勢をつねに把握する用意がなかった、というのが本当のところかもしれません。

一般の人たちはどうかと言えば、戦争をしていると緊張感があるので、戦争賛成の人も反対の人も、いまよくあるような凶悪な犯罪を起こすことはまずありませんでした。人びとはけっこう倫理を守っていたために、個人的な凶悪犯罪は少なかったのです。

戦争自体は凶悪であっても、その中で暮らす一般の市民や庶民は、正しい倫理を守っている。その状態だけ見ると、戦争中の日常というものは、社会的にそれほど悪い雰囲気を持ってはいませんでした。むしろ、いまと比べれば、はるかに健康的な雰囲気の人が多かったのです。そのあたりは、戦争体験のない人たちの誤解しやすいところだと思います。

❖倫理や健康が極端に走るとき

戦争中であっても、表面的には極めて倫理的、健康的な社会に見えました。しかし、その健康さが極端になると、とてつもない事態まで進んでしまうのです。

たとえば、銀座四丁目交差点の和光あたりに、愛国婦人会の女性たちが「贅沢は敵だ」と言って、たすきがけをして立っているというのがありました。そして、パーマをかけている若い女の人を見つけると、「いまは戦争中なんだから、お洒落なんかしているときじゃない。パーマはやめなさい」と注意したりしていたのです。さらには、お化粧もだめ、髪の毛が長いのもいけないといって、ハサミで通りがかりの人の髪の毛を切ったり、レースや刺繍のついた服を切り刻んだりしたのです。

それは倫理ということを極端に突き詰めて、健康が極端になりすぎた結果、常識外れな行動に至ってしまったのです。戦争中の倫理観というのは極端に走るとそうなってしまうのです。

ドイツでも似たようなことがありました。ナチスは、ガス室でユダヤ人を大量に殺したということばかりが強調されますが、ヒットラー・ユーゲントというナチスの親衛隊である若者たちは、勤労奉仕を熱心にやり、規律正しく、日本に来たときは、いかにも健康そうに見えました。それは倫理的で、規律はあるし、しかも退廃的なところはありませんでした。しかし、それが行きすぎれば、ユダヤ人をガス室で殺すという退廃の極致に達してしまう。健康さを強調しているナチスの幹部たちがそれをやったのですから、これは言いようのない悪です。

しかし、それはナチスの青年団の健康さとか、規律正しさ、礼儀正しさと矛盾するかと言うとそうではありません。むしろ、そうした性質の延長線上だと僕は思います。それが極端になると、どこかで狂いが生じて、大量殺人を犯してしまうわけです。

傍から見ると、とんでもないばかなことをしているのですが、当人たちはそうは思っていなかった。幹部たちも、少しも悪いことをしているという自覚はなかったでしょう。では、健康さがどこかで凶悪さに組織的に変わってしまうのは、なぜなのか。それは、戦争という状況に加えて、成熟していない後進的な社会に起因していると考えられます。

本当のところはわかりませんが、成熟した現代のアメリカ社会では、大っぴらに戦争反対を叫んでも許されているように見えます。第二次大戦中のドイツや日本では、政府のやることに反対することなど許されなかった。そうした未成熟な社会が、健康さを凶悪さに変化させる土壌となった、と僕は思うのです。

❖正義の戦争はない

戦争に対する考え方は、同じ戦中派と呼ばれる世代でも、さまざまだったと思います。大きく分ければ、当時僕は若いということもあって、軍国主義に肯定的で、言ってみれば、真正面から戦争に賛成したほうです。

先ほど述べた極端な女性たちに対しては、ちょっと知的なところが働いて、あういうのはよくないと、批判はしていました。だからといって、その人たちのところへ行って「こういうのはよくないですよ」とは言いませんでした。ですから、いま頃になって彼女たちを非難するべきではないのかもしれません。おまえだって同類みたいなものだと言われればそのとおりです。でも、そのときも盲目的にそこまでやるのをいいことだと思っていたわけではなくて、あの人たち、あんなことはやめればいいのにな、と思っていたことは確かです。

いずれにしても、強調しておきたいのは、戦争には正義の戦争と不正義の戦争があるというような考え方、あるいは、善玉、悪玉があるという考え方はまったく嘘だということです。僕の戦中、戦後の体験から言っても、そんなことはあり得ません。疑いの余地なく戦争はみんな悪だと考えたほうがいいと自分では思っています。

しかし、東洋ではまだまだ、戦争には正義の戦争とそうでないのがあると主張する人もいます。でも、それは社会の後進性にもとづく誤った認識だ、ということで片をつけたほうがいいと僕は思っています。どんな名目をつけようと、戦争はすべて悪だと考えるべきなのです。

❖戦中、戦後を経て人はどう変わったか

僕は、第二次世界大戦、太平洋戦争のとき、真正面から戦争に賛成をしていた軍国主義青年でした。なぜ当時、僕が戦争をやるべきだと考えたか。いろいろな理由がありますが、大きく分けて対外的な面と、内政問題の二つがあります。

対外的な面で言いますと、その頃日本政府は、まずアジア地区におけるヨーロッパの植民地を容認しない、解放するということを対外的な考え方の主たるモチーフとしていました。

当時、中国はヨーロッパの植民地として土地を貸していました。それを租界と呼んでいました。イギリスの租界は上海やシンガポール、香港にあり、フランスの植民地は中国ではなくて、仏領インドシナと呼んでいたいまのベトナムでした。インドはイギリスから形式的に独立しましたが、半分は植民地でした。

つまり、アジアは植民地だらけだったのです。本当ならば中国がまっ先に植民地からの解放を主張すればいいのに、何もやろうとしなかったのです。

それで当時は、中国がやらないのなら、俺たちがヨーロッパの植民地をアジアからなくそうと考えた。それが、僕ら戦中派が正義感に燃えた理由です。

もう一つの内政問題というのは、その頃の日本の農業の問題です。宮沢賢治《みやざわけんじ》流に言えば、寒さの夏が来て飢饉《ききん》になると、東北地方あたりでは、貧農は米も食べられなくなる。そこで、農家は娘さんを奉公に出して、お金を前借りしなくてはなりませんでした。実際は奉公ではなく、娘を売り飛ばしたのであって、そういう娘は二度と故郷に帰ることはなく、たいていは都会で遊廓の遊女になった。こんなばかな話はないというのが、僕らの正義感が煽られた理由の一つです。

そうした理由によって戦争に賛成したことを、本当にいいことと思っているかと問われると、それは戦後の問題になります。戦争中は文句のつけようもないほどいいことだと思っていたから、戦争賛成と言ったわけです。

戦争賛成と言った人間だから、戦争が終わったときには、「何で政府の連中は、戦争をやれと言ったわけでもないのに勝手に戦争を始めて、やめるときは自分たちの都合で勝手にやめてしまうんだ。こんなばかなことはない、勢いで前につんのめる以外に方法はない」と、そう思ったものです。

だから、僕らは戦争をやめることには反対で、軍人たちの反乱があったらそこに参加して死のうとさえ思っていたのです。しかし、それほど大規模な反乱はなくて、到底僕らがそこに参加して一戦やろうとか、最後まで抵抗しようということがないまま終わりました。これも、東洋というか、日本の特色なのでしょうか。これが僕のような軍国主義青年（大学二年生）の敗戦時の感想でした。

戦争を一生懸命やった中には、日を経ずに共産党に入った友だちがいました。たとえば、先年亡くなった井上光晴《いのうえみつはる》という小説家もその一人です。また、同人雑誌の仲間で小説を書いたり、評論を書いたりしていた村上一郎《むらかみいちろう》のような過激な人もいました。彼は予備学生出身の海軍の将校だったときに戦争が終わったのです。

戦後、三島由紀夫が市ヶ谷の自衛隊に行って「おまえら何でそんなにおとなしくしているんだ」とアジ演説をして腹を切って死にましたが、村上さんはそのときも戦争中の軍服を着て、市ヶ谷の自衛隊の門のところまで行って、止められて帰ってきたそうです。その後一九七五年に、彼は自分で頸動脈を切って自殺しました。

三島由紀夫はもうすでに著名な文学者でしたが、村上さんは世間に名が知られていたわけでもなく、僕らとともにただの同人雑誌の仲間だったというだけですが、それでも僕らの仲間にはそういう人たちがいたのです。

それとは一見正反対のような人もいて、詩人で小説家の清岡卓行《きよおかたかゆき》という人は、本当の意味のリベラリストでした。リベラリストの中には、戦争中に何も言わなかったのに、戦後になって、俺は戦争にはあまり賛成じゃなかった、と言う人もいましたが、清岡さんはそういうのではなく、戦争中からの本当のリベラリストです。戦争中、彼は満州の大連にいて詩を書いていました。

❖僕が戦後に軟化したわけ

戦中派と言ってもいろいろな考え方の人がいたわけです。では僕は戦後どうしたかというと、「卑怯者になれ、おとなしくしろ」という考え方をとりました。なぜそうなったか、理由はいくつかあります。

戦後、日本がアメリカに占領されることになると、マッカーサー元帥をはじめ、占領軍の政治部門である民政局も東京にやってきました。僕らは、戦争をあくまでもやれという考えでしたから、少しでもおかしなことをしたら、ただではおかないぞという意気込みで、彼らを見ていたのです。

文字どおり細大もらさずに監視していると言っていいくらい、アメリカ人のやり方に注目していました。日々の新聞はぬかりなく読み、アメリカ人が街に出たときの行動はどうだとか、民政局が発する声明とか、占領政策とか、そういうのを非常に注意して観察していたのです。

ところが、東京で見ている限りでは、彼らに少しの欠点もないのです。占領中の民政局は、占領国である日本へ進駐してきているのに、いちいち声明を発して、これこれこういう政策をとるから了解してもらいたいと、日本国民に知らせる。

また、街を行くアメリカ兵は別に女の子をいじめるわけでもない。その様子たるや、日本人の愛国婦人会の女性たちよりみごとなもので、銀座の通りでは一緒にふざけたり、笑いを誘うようなことはしても、乱暴したり、捕まえてどうしたといったことは全然ないのです。僕らも学校へ行ったついでに、有楽町駅で降りて自分の目で見ていましたから、そのことはよくわかりました。

僕らがなぜ軟化したかと言うと、そういうアメリカの態度を、もし自分が逆の立場だったときに、はたしてとることができただろうかという疑問があったからです。どこかを占領した場合、これだけ対等な扱いで声明を発したり、平穏な行動をしたりということは、僕ら戦中派の人間には到底できません。

占領した国民を、自分たちと同等に扱って、その国の民心に訴えて、政策の中身を述べて了解を得る言い方をするなどとは、どう考えても僕らにはできそうにない。逆立ちしてもできないと僕は考えました。

だから、これはだめだ、やり直しだと思ったのです。反乱が起きたら一緒に死んでもいいと思っていたのが、だんだん軟化して、お話にならないくらい自分はだめだったと反省しました。敵愾心《てきがいしん》だけは旺盛で、人間は誰でも意識として平等なんだ、精神として平等なんだというようなことは到底アメリカに対して考えられなかった。

これは青年時代からのやり直ししかない、と僕は考えました。敗戦のときの勢いはどこへやら、という調子で僕自身は軟化していったわけです。

前述した村上一郎さんは、学生から海軍の予備学校に行って将校になった人ですが、僕らにしょっちゅう、自殺する一番いい方法は何か、という話ばかりしていました。あまり穏健なことは言わず、武張ったことばかり話していたので、その頃になると僕は、「村上さん、武張ったことはもう言わないほうがいいですよ」と言ってなだめていたほどです。

結局、村上さんは頸動脈を刀で切るという、相当厳しい死に方をしています。本当なら、三島由紀夫が市ヶ谷で割腹自殺したときか、あるいは戦争が終わったときに自殺するつもりだったのだろうと僕は推測しています。

いま思うと、いつでも死に場所を求めていたのかなと思えます。僕ら戦中派左翼や一世代前の優れた左翼人は村上さんの潔い死を讃えたものでした。村上さんは、「アメリカ資本主義を生涯の敵とすること」という自己に投げかけるモットーを抱いた人でした。

中曾根《なかそね》康弘《やすひろ》という自民党の長老がいますが、彼も村上さんと同じように、海軍の予備学生から海軍主計少佐になったところで戦争が終わったと思います。彼は、これからは戦争ではなく、平和の競争でアメリカを圧倒してやるんだ、という意気込みで政治家になったのだと思います。いまでもそう思っているかどうかは知りません。

戦争中から戦後、人がどう変わったかと言えば、僕らみたいに軟化してしまった人間もいれば、村上さんみたいに潔く何かあったらいつでも死ぬつもりの人もいたり、清岡さんみたいにリベラルを貫いた人もいた。いろいろな人がいたということです。

❖いまも戦中、戦後の延長線で日本を追究している

僕は、戦中、戦後を経て、いまもその延長線上にあって、日本国というのはいい悪いの両方含めて一体何なんだということを自分なりに追究しています。

その当時の、マルクス主義的な東洋学者による東洋についての考え方は、ウィットフォーゲルという著名なドイツの学者のアジア的農耕についての論文を読むとわかります。

要するに、アジアというのは長い間、農業をやってきた地域で、水力社会と、

水利社会の二つがあると、彼はとらえています。中国や中近東も含めたアジア内陸は、河川を人工的に曲げて灌漑に利用したり、それで農業をさかんにするというやり方をします。それが水利社会です。水力社会は、日本でも僕らの子どもの頃はありましたが、せいぜい水の流れを利用して水車をまわしてお米を搗《つ》いたりするくらいでした。東洋社会をこの二つに分けて考えているわけです。

王様は専制君主で、たびたび交代する。中国で言えばモンゴル系の騎馬民族が中国を支配したときもありますし、漢民族が中国を支配した時代もあります。

つまり、ウィットフォーゲルの主な論点は、王朝は交代するものであり、田畑を大きくするために河川を曲げて人工的につくることは、君主が請け負うシステムだったというところにありました。

ところが、戦後よくよく自分で考えると、どうも日本はそうではないのです。河川をねじ曲げて灌漑用水をつくる工事を、君主である天皇家が請け負っているかというと、そんなことは例外的にしかありません。

また、河川を工事して灌漑用に田畑に引くとか、大きな水車で河川の水を水路で田畑に引くこともありません。郊外の低い山や丘の中腹に土を盛って雨水をせき止めて溜めたり、平地に溜池を掘って使用したり、井戸を掘って田畑につかったりするくらいなら、現在も京都郊外や奈良や四国にもあります。

文献にある天皇や僧侶の関与したと思われるのは依網《よさみ》の池と空海の工事とされる満濃の池（四国）くらいでしょう。また高僧の伝説で錫杖を地面につき立てたら井戸水が溢れ出て田畑の水につかったといった小規模なものです。

王権もまた皇位をめぐる内紛があったり、政治支配を武家階級に交代させられ、宗教王としてだけ存続させられることが、江戸時代まで続きます。

明治時代で政治・宗教王として復活し、太平洋戦争の敗北によって「国民統合の象徴」として復活したりしてきましたが、宗教的統合者としては「万世一系」的だったので、基本的には祭式を司ってきたと言えましょう。

現在までのところ、この単一の「宗教的」王権の存続二千年とハイテク産業技術の西欧及びアメリカ並みの併存とが、世界の珍しい国民存在（人類のガラパゴス諸島）のように、ほかの先進地域国家から見られてきたのではないでしょうか。

たしかに、本当に万世一系かどうかは問題がありますが、王朝が交代するたびに政策が変わるということは、日本の場合ありません。

　では、どうしているかというと、前述しましたが、宗教性が残っていると言ったらいいでしょうか、明治時代までの琉球がそうだったように、大体、女の人が神の託宣を受ける巫女さんの役割をして、その託宣にしたがって男が国家を支配する。これが、日本列島、琉球列島の政治のやり方の特性だったのです。

　つまり、大体が女系的で、巫女さんが受けた託宣にのっとるように、兄弟や叔父が政治をする、というのが日本の古代からの伝統的なやり方です。そして、天皇の后、つまり皇后にあたる人が、昔は託宣を受けていました。皇后は神様に一番近い存在であって、天皇はそれよりも下だったのです。天皇は託宣にしたがって政治を行う。そういう形態でした。それが、時代が下るにしたがって、皇后の仕事は後宮の女官たちを統《す》べるだけになっていきました。

　僕は自分なりに追究していくうちに、日本という国は、どう考えてもウィットフォーゲルのような西洋人の東洋学の大家が言うようなものとは全然違うということがわかってきて、これはもう少し自分で追究する以外にないと思いました。

　現在、僕がやっていることも、その続きと言えば続きです。僕の仕事を、そういう視点で見てもらえたら、非常にわかりやすいと思います。文芸関係はもちろん、文芸以外についての僕の考え方もすべて、その延長線上にあります。

少なくとも日本国はどういう国かという議論については、僕自身が追究して築いてきた考え方であって、西欧の誰それという学者の考えを受け売りするということはやっていません。

もちろん、ヨーロッパの哲学者や政治学者の影響は受けていて、初めのうちはロシアのマルクス主義の説にのっとっていましたが、これは違う、と思うようになってからは、だんだんと自分だけの考えになってきました。そうした態度というのは、僕に言わせれば、戦争中に戦争に真正面から乗り出していったことの責任を果たすということなのです。それで自分だけは納得できました。これは人に言っても仕方のないことですが、そういうことを戦中派の人は大なり小なり考えてきたのではないでしょうか。

共産党に入った人も、日本国はこんな国ではたまらないと思っていたし、村上さんみたいに自殺した人も、それなりに自分の考え方で責任を果たそうと考えて行動したと言えます。清岡さんみたいに本当のリベラリストで、詩人、文学者としての生涯をまっとうして亡くなった人も、自分の戦争中に果たせなかったものを果たそうとしたのでしょう。

戦争が終わったとき、これからどう生きたらいいのかということを、それなりにみんな考えたことは考えたのです。

ただ、こうしたことを理解してくれる人は、いまやほとんどいません。僕らがものを書き始めたときに、学校を出て出版社に入ったばかりという人は、すでに定年退職になったり、あと一年で退職というところにきていますから、そういう人たちがいなくなったら、僕なんか浦島太郎です。

❖喧嘩で覚えた人との距離感

村上一郎や井上光晴など、自分なりに考えてそれぞれの道に進んでいったわけですが、同人として分裂してしまうということはありませんでした。

議論になることはあっても、限度を心得ていると言ったらおかしいですが、同じ年代で、同じ目にあってきたからわかり合っているところがあって、大ごとの喧嘩になることもありませんでした。文学に携わっている人間同士の理解みたいなものがありますし、それに、もっと言えば、喧嘩は戦争中にさんざんやったのです。

戦争中にも、おまえはなまけている、けしからんじゃないかと言って喧嘩するものもいました。僕らの学校には、軍人である技術将校が来ていたのですが、そういう人は威張っているのです。僕ら同胞には何も言わないのですが、二人ぐらいいた台湾の留学生に対しては何かというと威張り散らして、時にはひっぱたくこともありました。そういうことに関して僕たち同士で言い争いをしたり、考えの違いから喧嘩になることがあったのです。

そんな経験があったからこそ、どうしたら喧嘩しないですむか、どうしたら口もきかないような状態にならずにすむかが、身についたのだと思います。

たとえば、「今日、俺は遊びに行くからかわりにおまえ、俺の分までやっておいてくれ」と言われて、代返をして、そこにいるかのごとく作業をしていたこともありました。なかには考え方が違う学生もいますが、そういう場合でもお互い同士は告発しないとか、お互い誰々がサボったと文句を言わないとか、そういうやり方が一番いいやり方だというのを戦争中に覚えていました。

同じように、同人会では仮に口論があっても、あるところでやめる。大体おまえの言ってることはわかってるんだとなって、仲間割れすることはありませんでした。

上の人にだけわからないようにすれば大丈夫なんだというやり方は、戦争中に覚えたことです。これだったら軍国主義がやかましいことを言っても、適当にやっていけます。初めのうちこそ喧嘩ばかりでしたが、後になるにつれて、そうした方法を編み出して、「ああ、これで行けばいいんだ」と考えられるようになりました。

戦争中には喧嘩、口論が絶えませんでしたが、逆に、そういうやり方を手に入れたという利点はあります。

❖人間の本性

戦争中というのは、ひどく荒廃している面と、相互扶助がよくできている面と両方ありました。たとえば、千葉県に芋を買い出しに行った帰りに、警察の臨検があるよという情報を、前の電車に乗った人が伝えてくれるのです。そうすると、言われたとおり警察官がいる駅の手前で電車を降りて、やりすごしてまた乗るわけです。

警察官も、オイコラという高飛車な感じではなくて、一応検査はするけれども、いいよ、このくらいの芋なら、と見逃してくれたり、ちょっとだけ押収して、残りは持って帰っていいと言ってくれたりしたものです。戦争中にそのような相互扶助を身につけましたので、我ながらいまでもその影響を感じるときがあります。

一方、嫌だった体験は、動員先から東京に帰ってきたときに、近県の軍隊が解散になって、故郷に帰ってくる兵隊さんと一緒の列車に乗り合わせたときのことです。

兵隊さんたちは陸軍の倉庫にあるものをみんな分けてきたのでしょう。軍服や食べ物を背負えるだけ背負っていて、僕らはそれを手ぶらで面白くない顔で見ている。忠勇なる軍人だというのに、軍の物資を背負えるだけ背負って帰るとは、なんだこのざまは、と内心で思っている。少しは悄気《しょげ》た顔をして帰ってくればいいのにと、どことなく思っているわけです。

兵隊さんは兵隊さんで、俺たちが戦場で一生懸命やっているときにこの学生どものようにたるんだやつがいるから戦争に負けたんだ、と思っているだろうと感じるわけです。言葉で言われたわけではないのですが、向こうの顔を見ていると、いかにもこちらをばかにしたような目つきなのです。

要するに、お互いに相手を軽蔑しているわけです。そのときの嫌な気分は、何とも筆舌に尽くしがたいものでした。

僕は人には歴史を経ても普遍的に変わらない何かがあるような気がします。それは人間の本性に近い部分で、いい部分よりも直視するのが嫌になるような部分にあるように思います。いまでも、植民地出身者が日本でいじめられたことを糾弾する人は多いですが、本当はどうなのでしょうか。たしかにいじめられたと思いますが、平等に扱っている人もたくさんいたわけで、そればかり言われても困るというのが実感です。

戦争中彼らが恐縮していたことは確かです。だから、敗戦の報が伝わるやいなや、僕が勤労動員で行っていた製造会社の工場では、食事のときに朝鮮人の労働者が声高におしゃべりをするようになって、逆に日本人の工員のほうが少ししゅんとした様子になって、その変わり方の速さというのは非常に興味深いものがありました。

興味本位で言うことではないのかもしれませんが、そのみごとなほどの変化を、僕は興味津々で、「へぇー、こういうものか」という驚きの気持ちで見ていたのです。

❖すべてが逆な方向へと進んでいる

いまの日本は、道徳的にもよくないから、品格とか愛国心とか武士道精神といったものを復活させようという考え方がブームになっているようです。しかし、僕はそういうことは無駄である、初めから無駄なんだと考えています。そういう復古的ないし懐古的なやり方が、このかつてない新しい社会の状態に対して通用するでしょうか。僕は、復古的な考え方は通用しないと思っています。

いまの日本国は何をやっても最低に近い、という状況判断はかなりあたっていると思います。

でも、どうすればいいのかという点については、僕はまるで考え方が違います。

日本の状況が最低に近いという兆候はいろいろなところで出ています。少し前に行われたワールドカップのサッカーの試合も例外ではありません。世界的なレベルの相手と試合をして負けたとき、その負け方は単にスポーツの勝負で負けたというより、チームが壊れたというような負け方でした。残り十分とか五分になってから何点もとられる形で負けて、みんながっくりしてしまう。これは負けたというより、まさに崩壊したという表現がぴったりくると、僕はワールドカップを観ていてそう思いました。

専門家はいろいろな批評をしましたが、それはいい加減な批評だと思います。

僕らの文学から敷衍《ふえん》した考え方でいけば、元気で体がよく動く若い選手と、体の動きはちょっと衰えても技術ははるかに上で、状況判断に優れたベテラン選手の間の、認識上の分裂と、心の構造の分裂の二つが著しいことにより、崩壊状態になったのだと思います。スポーツの問題ではなく、これは精神の問題だと思ったわけです。

こうした崩壊状況は、いまや日本のどこにでも存在していて、凶悪な犯罪は跡を絶ちません。子どもの親殺しもあるし、親の子殺しもある。つまり、日本のサッカーと同じような崩壊状態が日本全土で起こっているのです。

ベテランがこう蹴ったらあそこに行くとわかって、ちゃんとそこにいてほしいと思っても、若手はフットワークこそいいものの、ベテランのパスを受けるところにきちんと行くだけの技量がない。さらに、「あの人の言うとおりに動いてやるもんか」という気持ちがどこかにあるのかもしれません。つまり、双方の気持ちのギャップが大きいことが、負けの原因だという見方を僕はしたわけです。

スポーツでは技量と体の動きが一番大切なのでしょうが、技量の低い若い選手のほうが体はよく動くのは当然のことです。それよりも、ふだんからチームワークがうまくいくところまで練習していないから、実力が発揮できるわけもありません。素人目で見ても、初めから負けは決まっているように見えます。

たとえば、中田《なかた》英寿《ひでとし》が「こう自分が蹴れば、その先で誰かが受けてくれるはずだ」と思って蹴っても反応してくれない。そこには技術の問題もあるし、練習で連係がうまくできていないということもあるでしょう。結局のところ、チーム内がまとまっていないということで、ああいう結果になりました。勝った、負けたではなくて、チームの崩壊だと見ると、現在の日本の社会構造と類似していま す。象徴的に、世の中がああいうふうになっているという類似点があります。

それではどうすればいいかというと、そこのところが問題です。一つは、サッカーで言えば、一緒に練習したり、連係プレーができるような練習時間をたっぷりとってやること。それは、日本社会にあてはめてみれば、道徳、あるいは武士道を回復すれば世の中がよくなるということと同じことだと思います。

要するに、チームワークがよくなるように、とりあえずチーム全体で練習しておけば、それなりの力は発揮できるだろうというわけです。

たしかに、社会的規模で武士道や男気が大切にされれば、道徳は回復するだろうというのは、もっともな意見だと思います。しかし、そんなことが簡単にできるくらいなら苦労しません。日本の社会は、すでによくなっているはずです。それができないのはなぜかと言えば、時代の発達のスピードが速すぎて、もはや、武士道や男気で何とかするというやり方では間に合わないほど、現状が進んでしまったからなのです。世界全体のサッカーの技術が進んでいれば、それをまず取り入れることをしなければ、いくらチーム全体で練習しても、あまり意味がないことと同じです。

つまり、道徳を復活させるというのは、単なる懐古的な考え方にすぎなくて、それでは到底間に合いません。

その前に、いまの状況をどこで超えるか、ここだったら全体的に超えられるということを考えて見つけてやる以外にないのです。

❖人間の中の普遍性と革新性

産業構造が昔と大きく違っている中で、「道徳を涵養《かんよう》していけば、道徳に忠実にやってくれる人が多くなる」と思うのは見当違いです。とくに若者はそんなことは考えていませんから、処方箋をいくら出しても、強制でもする以外、そうはならないでしょう。強制すれば、また違う害が出てくることは明らかですから、強制もできません。

「こういうのがいいんだ」とわかっていても、そうはできないし、そのとおりにはならないのが現在の大きな問題なのです。やる人がいないし、耳を貸す人もいません。もしいてもそれは少数だけで、根本的な解決にはならないでしょう。

長く人生を生き、戦前・戦中・戦後と一定の視点で人間というものを見ていると、どうも人間というのは、なかなか向上しない、立派になりにくい宿命を背負った存在ではないかと思うことがあります。戦争のような大きな悪の中では、個人個人は倫理的で善良になり、平和の中では個人個人が凶悪になっていくという矛盾があります。

かえって人間としては時代を経るにつれて低下していくような気がしないでも

ありません。戦争中から比べると、現在はご飯を満足に食べられ、家柄や男女にかかわらず行きたい大学に行け、やりたい仕事に就ける夢のような時代になったはずです。

しかし、欲望がすべて満たされたら満たされたで、人間はまた悩み始めているのかもしれません。

あれほど未来性を持ったマルクスのような人でさえ、人類がこのような時代に直面するとは予期していませんでした。世界の現状や個々人の考え方や生き方がこうまで問題の多いものになるとは思っていなかったと思います。

いまの状態は、社会主義国だと言っている国も、資本主義国だと言っている国もそう変わりばえのあるようなことをしているわけでもありません。ひと昔前に声高に論争しあった思想や政治システムといったものよりも、人間性や人間の本質のようなものが生み出すものや、人間性そのものが問われる時代になっているのではないでしょうか。

そういうことを考えていくと、現代は人類がかつて体験したことのないまったく新しい状態までできているということになります。もしかすると、これから先、歴史の繰り返し以上に人類はだめになる危険性もあります。

残念ながら誰の考えをたどっていっても、こうまでは考えていなかったろうと思います。これから先のことは、自分たちで新しく考えていくより仕方ありません。

よさそうでかつ害のなさそうなことをやる、小規模でもやっていくということ以外にこの新しい時代に対処する方法はないように思います。

これは、科学的に社会のことを考えてきた人も想像していなかったろうと思います。そこが現在の一番の問題かもしれません。

一つはっきり言えるのは、いいことをいいと言ったところで無駄だということです。それは歴史が何回も証明してきました。いいか悪いかではなく、考え方の筋道を深く追わなければ、問題の本質が見えてきません。考え方の微細な筋道をたどっていかないと、解決の糸口を見失ってしまうでしょう。

何はともあれ、いまは考えなければならない時代です。考えなければどうしようもないところまで人間がきてしまったということは確かなのです。人間というのは善も悪もやり尽くさない限り新しい価値観を生むことができないのかもしれません。いま、行き着くところまできたからこそ、人間とは何かということをもっと根源的に考えてみる必要があるのではないかと思うのです。

あとがき

まったく未知のまさに未知の出版社（講談社インターナショナル）の辻本充子氏から電話でインタビューの申し入れがあったとき、既知なのは講談社ということだけだった。いつもそうしているが、どんな主題についてだろうかと尋ねると、ほとんどが自分の守備範囲に入るものだった。わたしのほうの注文は、できるだけわたしなどがふだん考えたこともない視角から願いますということだけだった。辻本氏はできる限りそれに添うような角度から問いを提起された。そしてわたし自身のほうも興味深くそれに呼応することに心がけたと思う。

わたしの知識や見識は貧弱であり、また俄《にわ》か仕立てでどうなるものでもない。そのせいで精一杯の率直な思いを披瀝《ひれき》するよりほか、格別の手段は持たなかった。最終のとりまとめの文章は辻本氏の手によるものだ。わたしは事実関係の間違いだけに手を入れさせてもらった。要約と原理の勘どころはよくおさえてあって立派であった。

わたしが辻本氏に注文をつけた視角とか視点とかいうことは、わたしなりに自分自身に対する密かに永続しているこだわりがあり、自分の内でいつも考え込んで間違ってはいけないと自戒していることだからだと言っていい。

弱年の頃、政治哲学や経済学についてわからないところが出てくるといつも教えてもらった先達がいた。あるとき次のような問題を提起した。いま一人の会社勤めで給料をもらっている労働者が、たとえば親から引き継いだ家屋敷を持っていて、余裕のある部屋を貸して家賃を得ていたとする。するとマルクス主義の定義では、プロレタリアートにしてブルジョワジーということになるのではないだろうか。この先達は即答してくれた。そのとおりだ。現実の社会ではそんな形容の事情はいくらでもあると。また起こりうるものだと。わたしはこの先達に感心し、信じた。

たとえばルカーチのような哲学者は逆に現実のほうを定義に合わせて、修正したり、細説したりする。まさかと思うかもしれないが、無意識のうちに理念の重量と現実の重量が逆倒してしまっている。レーニンは、自分はトルストイの『アンナ・カレーニナ』という優れた（姦通）小説が好きだ、民衆は娯楽だけでいいのだと言うのなら、サーカスでいいじゃないかと言っていたと伝えられている。どうしてスターリン支配のロシアではつまらぬ支配官僚の口真似で政治と文学なども称して文学（芸術）のせっかくの超一級作家たちを絶滅させてしまったのか。観念の修練なしには生み出せない文学（芸術）を軽んじたからだ。これをかろうじて保存しているのはトロツキーの『文学と革命』くらいのものであとは残らない。こんなことは口に出すのも愚かしくて仕方ない。人真似を勉強したら利口になるなどと思ったら大間違いであると思う。

志賀直哉《しがなおや》と太宰治論争は、太宰治の『みみずく通信』という短編にたいする直哉の評論から始まったと覚えている。ひと言で言えば、「若い新人のくせに、書くことが生意気だ」ということだと思う。旧制の新潟高等学校で太宰が講演したときのことが内容だ。講演の前、学生が講堂の彫刻を指して「芥川龍之介《あくたがわりゅうのすけ》がきた折この彫刻を褒めていった」と語ってくれた。太宰はつまらない彫刻だと思ったのか、別の理由からか、「褒めるものは何もなかった」と書く。また文学好きの学生さん数人と新潟郊外の海辺の砂山のほうに散歩に行く。北原白秋《きたはらはくしゅう》の童謡「砂山」の舞台だ。その後食事のときに、学生の一人が太宰に「太宰さんはどうして作家になったか」と尋ねる。太宰は「ほかに何をしても駄目だったからだ」と答える。学生は半分笑いにして「じゃ僕なんか有望なわけです。何をしても駄目です」と言う。太宰は真剣に「君は、今まで何も失敗してやしないじゃないか。（中略）何もしないさきから、僕は駄目だときめてしまうのは、それあ怠惰だ」と答える。ここらへんが志賀直哉にはたかが新人のくせに生意気だといった評論になったと思える。わたしには泣きたくなるほど共感した話だった。

芥川龍之介も太宰治も生死を懸けるほど真剣な箇所があったと思える。ただ志賀直哉には芥川の真剣さはわかりやすかったが、太宰治の真剣さはわかりにくかったに違いない。これは芥川龍之介の『西方の人』『続西方の人』と太宰治の『駈込み訴え』とを比較すればすぐわかる。両方とも近代日本のキリスト教文学の秀作だが、わたしなら『駈込み訴え』のほうが圧倒的に優れた作品だと思える。文章は易しく流れていても『駈込み訴え』はキリスト（教）理解として難しいだろう。致し方のないことだ。

芥川龍之介については岡本かの子の『鶴は病みき』があり、中野重治の『むらぎも』があり追悼時期のたくさんの文章がある。太宰治については奥野《おくの》健男《たけお》の『太宰治論』がある。また生意気と言われそうだが、わたしも初期の頃「芥川龍之介の死」という評論を書いた。わたしの芥川龍之介論は、芥川の次の詩につきる。

汝と住むべくは下町の
水どろは青き溝づたひ
汝が洗湯の往き来には
昼もなきつる蚊を聞かん

辻本充子氏に注文したのは、視点・視角の違いを自分独自の視点でやってくださいということだった。よくやっていただいた。感謝の気持ちだった。

二〇〇六年十二月

吉本隆明　記

本書は二〇〇七年二月に講談社インターナショナルより単行本として刊行されました。

|著者| 吉本隆明　1924年東京生まれ。詩人、批評家。東京工業大学卒業。戦争体験の意味を自らに問いつめ、1950年代、文学者の戦争責任論・転向論で論壇に登場。'60年安保闘争を経て、'61年「試行」を創刊。'80年代からは、消費社会・高度資本主義の分析に向かう。主な著書に『言語にとって美とはなにか』『共同幻想論』『心的現象論序説』『自立の思想的拠点』『ハイ・イメージ論』等。詩集に『固有時との対話』『転位のための十篇』等がある。

真贋《しんがん》

吉本隆明《よしもとたかあき》

2011年7月15日第1刷発行
2012年3月21日第3刷発行

発行者──鈴木　哲
発行所──株式会社　講談社
東京都文京区音羽2-12-21　〒112-8001
電話　出版部（03）5395-3510
　　　販売部（03）5395-5817
　　　業務部（03）5395-3615

Printed in Japan

講談社文庫
定価はカバーに
表示してあります

デザイン─菊地信義
本文データ制作─講談社デジタル製作部
印刷───豊国印刷株式会社
製本───株式会社若林製本工場

ISBN978-4-06-277005-7

講談社文庫刊行の辞

二十一世紀の到来を目睫に望みながら、われわれはいま、人類史上かつて例を見ない巨大な転換期をむかえようとしている。

世界も、日本も、激動の予兆に対する期待とおののきを内に蔵して、未知の時代に歩み入ろうとしている。このときにあたり、創業の人野間清治の「ナショナル・エデュケイター」への志を現代に甦らせようと意図して、われわれはここに古今の文芸作品はいうまでもなく、ひろく人文・社会・自然の諸科学から東西の名著を網羅する、新しい綜合文庫の発刊を決意した。

激動の転換期はまた断絶の時代である。われわれは戦後二十五年間の出版文化のありかたへの深い反省をこめて、この断絶の時代にあえて人間的な持続を求めようとする。いたずらに浮薄な商業主義のあだ花を追い求めることなく、長期にわたって良書に生命をあたえようとつとめるところにしか、今後の出版文化の真の繁栄はあり得ないと信じるからである。

同時にわれわれはこの綜合文庫の刊行を通じて、人文・社会・自然の諸科学が、結局人間の学にほかならないことを立証しようと願っている。かつて知識とは、「汝自身を知る」ことにつきていた。現代社会の瑣末な情報の氾濫のなかから、力強い知識の源泉を掘り起し、技術文明のただなかに、生きた人間の姿を復活させること。それこそわれわれの切なる希求である。

われわれは権威に盲従せず、俗流に媚びることなく、渾然一体となって日本の「草の根」をかたちづくる若く新しい世代の人々に、心をこめてこの新しい綜合文庫をおくり届けたい。それは知識の泉であるとともに感受性のふるさとであり、もっとも有機的に組織され、社会に開かれた万人のための大学をめざしている。大方の支援と協力を衷心より切望してやまない。

一九七一年七月

野間省一

吉井妙子　頭脳のスタジアム〈一球一球に意思が宿る〉
吉橋通夫　なまくら
吉橋通夫　京のほたる火〈京都犯科帳〉
吉本隆明　真贋
長坂秀佳／真保裕一／川田弥一郎／新野剛志／高野和明　乱歩賞作家　赤の謎
鳥羽亮／中嶋博行／福井晴敏／首藤瓜於　乱歩賞作家　白の謎
鳴海章／桐野夏生／野沢尚／三浦明博　乱歩賞作家　黒の謎
赤井三尋／阿部陽一／藤原伊織／渡辺容子／池井戸潤／不知火京介　乱歩賞作家　青の謎
隆慶一郎　柳生非情剣
隆慶一郎　捨て童子・松平忠輝　全三冊
隆慶一郎　柳生刺客状
隆慶一郎　花と火の帝(上)(下)
隆慶一郎　時代小説の愉しみ
隆慶一郎　見知らぬ海へ
リービ英雄　千々にくだけて
連城三紀彦　戻り川心中
連城三紀彦　花塵
令丈ヒロ子　ダブル・ハート
渡辺淳一　秋の終りの旅

渡辺淳一　解剖学的女性論
渡辺淳一　氷紋
渡辺淳一　神々の夕映え
渡辺淳一　長崎ロシア遊女館
渡辺淳一　長く暑い夏の一日
渡辺淳一　風の岬(上)(下)
渡辺淳一　わたしの京都
渡辺淳一　うたかた(上)(下)
渡辺淳一　化身(上)(下)
渡辺淳一　麻酔
渡辺淳一　失楽園(上)(下)
渡辺淳一　いま脳死をどう考えるか
渡辺淳一　風のように・みんな大変
渡辺淳一　風のように・母のたより
渡辺淳一　風のように・忘れてばかり
渡辺淳一　風のように・返事のない電話
渡辺淳一　風のように・嘘さまざま
渡辺淳一　風のように・不況にきく薬
渡辺淳一　風のように・別れた理由

渡辺淳一　風のように・贅を尽くす
渡辺淳一　風のように・女がわからない
渡辺淳一　手書き作家の本音　風のように
渡辺淳一　ものの見かた感じかた〈渡辺淳一エッセンス〉
渡辺淳一　男と女
渡辺淳一　泪《なみだ》壺《つぼ》
渡辺淳一　秘すれば花
渡辺淳一　化粧(上)(下)
渡辺淳一　男《お》時《どき》・女《め》時《どき》　風のように
渡辺淳一　みんな大変
渡辺淳一　あじさい日記(上)(下)
渡辺淳一　熟年革命
和久峻三　午前三時の訪問者〈赤かぶ検事奮戦記〉
和久峻三　片目の蠅〈赤かぶ検事奮戦記〉
和久峻三　京都釘《くぎ》ぬき地蔵殺人事件〈赤かぶ検事シリーズ〉
和久峻三　大原・貴船街道殺人事件〈赤かぶ検事シリーズ〉
和久峻三　大和路　鬼の雪隠殺人事件〈赤かぶ検事シリーズ〉
和久峻三　京都東山「哲学の道」殺人事件〈赤かぶ検事シリーズ〉
和久峻三　熊野路安珍清姫殺人事件〈赤かぶ検事シリーズ〉

講談社文庫　目録

和久峻三　京都冬の旅殺人事件〈赤かぶ検事シリーズ〉
和久峻三　京都・鎌倉・大和 あじさい古都の寺殺人ライン〈赤かぶ検事シリーズ〉
和久峻三　飛騨高山からくり人形殺人事件〈赤かぶ検事シリーズ〉
和久峻三　遠野・京都 橋姫鬼女伝説の旅殺人事件〈赤かぶ検事シリーズ〉
和久峻三　悪女の玉手箱〈告発弁護士シリーズ〉
和久峻三　危険な依頼人〈告発弁護士・猪狩文助〉
和久峻三　証拠崩し〈告発弁護士・猪狩文助〉
和久峻三　Zの悲劇〈告発弁護士・猪狩文助〉
和久峻三　日本三大水仙郷殺人ライン〈赤かぶ検事シリーズ〉
和久峻三　伊豆死刑台の吊り橋〈赤かぶ検事シリーズ〉
若竹七海　閉ざされた夏
若竹七海　船上にて
渡辺容子　左手に告げるなかれ
渡辺容子　無制限
渡辺容子　薔薇恋
渡辺容子　流さるる石のごとく
和田はつ子　猫始末〈お医者同心 中原龍之介〉
和田はつ子　なみだ菖《しょう》蒲《ぶ》〈お医者同心 中原龍之介〉
和田はつ子　走り火〈お医者同心 中原龍之介〉
和田はつ子　冬亀〈お医者同心 中原龍之介〉
和田はつ子　花《はな》御《み》堂《どう》〈お医者同心 中原龍之介〉
和田はつ子　お十夜恋〈お医者同心 中原龍之介〉
渡辺篤史　渡辺篤史のこんな家を建てたい
わかぎゑふ　大阪弁の詰め合わせ
渡辺球　俺たちの宝島
渡辺精一　三國志人物事典 (上)(中)(下)
輪《わ》渡《たり》颯介　掘割で笑う女〈浪人左門あやかし指南〉
輪渡颯介　百物語〈浪人左門あやかし指南〉
輪渡颯介　無縁塚〈浪人左門あやかし指南〉

2011年12月15日現在